主编 凌翔　　　　　　　　新时代精品朗诵诗选

音乐女神

劲草 著

中国民族文化出版社
北京

版权所有　侵权必究

图书在版编目（CIP）数据

音乐女神 / 劲草著. — 北京：中国民族文化出版社有限公司，2020.6
ISBN 978-7-5122-1358-6

Ⅰ.①音…　Ⅱ.①劲…　Ⅲ.①诗集－中国－当代 Ⅳ.①I227

中国版本图书馆CIP数据核字（2020）第084256号

书　　名：音乐女神
作　　者：劲　草
责　　编：张　宇
出　　版：中国民族文化出版社
地　　址：北京东城区和平里北街14号（100013）
发　　行：010-64211754　84250639
印　　刷：唐山楠萍印务有限公司
开　　本：710mm×1000mm　1/16
印　　张：13
字　　数：120千字
版　　次：2020年6月第1版第1次印刷
书　　号：ISBN 978-7-5122-1358-6
定　　价：49.80元

谨以此书纪念

爷爷许钦堂、父亲许卫东

献给母亲

及所有热爱生活的朋友

序

吴思敬

在文学艺术的诸种门类中，没有比诗歌与音乐更为密切的了。在人类的远古时代，诗歌与原始音乐、原始舞蹈相伴而生。在很长的历史时期里，诗与音乐是结合在一起的。后来诗与音乐虽然分了家，但二者一直是互相渗透、互为表里的。诗歌与音乐有相近的本质，它们都是表现人的心灵世界的。意大利诗人但丁说："我是这样一个诗人，当爱情激动我的时候，我按照它从内心发出的命令，写成诗句。"（《神曲·炼狱》）英国音乐家戴里克·柯克则说："音乐总是通过某种渠道来表达作曲家的主观经验的。"（《音乐语言》）此外，音乐与诗歌都要在时间的流动中展开。音乐与诗歌是这样的相近，以致俄国作曲家谢洛夫会说，音乐是一种特殊的诗的语言，音乐始终是一种抒情诗。

正是由于诗歌与音乐的相近与相通，所以诗人欣赏音乐，受音乐触发进而把对音乐的感受升华为诗，就很自然了。古代诗人以诗歌描绘音乐的颇不少见，仅唐代就有钱起的《湘灵鼓瑟》、韩愈的《听颖师弹琴》、白居易的《琵琶行》、李贺的《李凭箜篌引》等杰作。现代诗人中，沈尹默的《三弦》、徐志摩的《半夜深巷琵琶》、艾青的《小泽征尔》、韩作荣的《听桑卡弹古筝》……也均是以诗歌写音乐的名篇。

青年诗人劲草钟情诗歌，酷爱音乐，继承了前辈诗人以诗歌写音乐的传统，致力于音乐题材的诗歌写作。她在国家大剧院得天独厚的工作环境，有助于她欣赏国际一流的名家名团名作，进而用诗的语言把她欣赏音乐的感受提炼为诗。最近她把自己写音乐的诗篇收集在一起，推出了诗集《音乐女神》，这是在诗与音乐接壤地带长出的一簇鲜嫩的花，也是诗歌与音乐相结合产生的宁馨儿。

收在《音乐女神》中的作品，可以大别为两种类型：一种类型是听乐记感，就是把自己欣赏音乐的感受用诗的意象、诗的语言传达。另一种类型是音乐礼赞，即诗人对音乐作为一种艺术形式的思考、追寻与赞美。

前一种类型，听乐记感，说来简单，写起来却是颇有难度的。诗歌与音乐尽管有相通之处，但作为两种不同的艺术门类，还是有所不同的。最重要的是艺术符号不同，音乐的符号是有规律运动的乐音，诗歌的符号是语言。乐音诉诸人们的听觉，语言诉诸人们的想象。诉诸听觉的乐音可以传达欢乐、悲哀、悠闲、绝望等情绪，不受民族、地域的隔阂，因此音乐是世界通用的语言，是没有国界的。而诗歌则由于各民族、各地域语言的差别，理解起来就没有那么便捷。诗歌与音乐艺术符号的不同，导致了所传达的信息的明确程度的不同。诗歌的符号是语言，同一种语言内，符号的能指与所指是确定的。音乐的符号是乐音，乐音既是能指又是所指，符号与实体、形式与内容融合为一个浑然的整体。这一整体固然与主体的情绪状态相联系并与他的精神运动协调一致，但是它所唤起的只是一种朦胧的感觉与共鸣，这就导致了音乐内涵的不确定性与多义性。即使描绘性很强的音乐或标题含义很具体的音乐，在听众心中也难于唤起明晰的概念与确切的意象。所以说，音乐是可意会不可言传，是很难用具体的文学语言把它"翻译"出来的。劲草写这种音乐诗，就是在做这种"翻译"工作。

说实话，这是一种费力不讨好的工作。因为正是由于音乐表达的不确定性，不同的听众，由于他们的生活经验不同，心境不同，情绪不同，就会产生不同的感受。劲草传达的感受，可能正是他们的感受，也可能偏离他们的感受。与他们感受相同的自然会颔首称赞，与他们感受不同的就难免蹙眉不语了。不过，即使面对后者，劲草的诗歌也依然有其存在的价值，因为它表示了乐曲的"多义"中的一义，它在召唤更多的听众做出自己的诠释。

欣赏音乐，有赖于主体的审美心理结构。对于非音乐的耳朵，最美的音乐也没有意义。鉴于当下，"非音乐的耳朵"还普遍存在，国家大剧院经常请业内人士做音乐普及教育。劲草所写的音乐诗，实际也有个阅读对象的问题。如果读者是音乐的内行，那么对她所描绘的音乐的内涵，可能会有先得我心之感。但如果是音乐的外行，那么阅读起来也就难于有所共鸣、有所会心了。考虑到读者的实际情况，作者特意设置了"艺术小贴士"，即对所写的名曲、名家及著名演出团体等做必要的背景介绍，这既点明了作者诗思的由来，也有助于读者对音乐自身及诗的理解。尽管如此，作者写这类诗作的时候，还是不能像大剧院音乐讲座的老师那样，用通俗的语言向听众娓娓道来。她要做的是用诗的语言把音乐唤起的内心感觉传达。音乐本身就是不确定的，它所唤起的内心的感觉也就更不确定了，现在要用某种确定性的语言把它传达，并让它得到听众的共鸣，这几乎是办不到的。正如劲草在《如果协奏曲有颜色》一诗中所说："我多想把这奥妙／用文字表述／成为永恒可以碰触／但我不能且没人能。"这表明诗人是充分认识到用诗句描述音乐有一定局限，她之所以还要写，是因为她要发挥诗歌作为语言艺术的优势，她觉得一首好的写音乐的诗，不能简单地停留在对音乐的印象与记录上。作为一个诗人，她要借重音乐的酒杯，浇自己胸中之块垒。也就是说，听乐记感，更重要的是通过对音乐的描述把内心的情感释放出来，从而把自己内心的情绪与音乐的意象融合在一起，成为一个浑圆的整体展示给读者。像这首《舍赫拉查达》：

我躺在云朵里了

看阳光烘焙着云团

散出一阵金色的暖

看银鱼群穿过天际的乌云

暴风雨躲在后面

我躺在云朵里

风推着没有我的云

缓缓掠过我身边

我开始变得

没有一丝重量

比风更轻盈地

在云朵间跳起

古老而美丽的舞蹈

所过之处

云朵笑了，绽放彩虹的欢颜

我躺在云朵里了

比风更轻盈

比阳光更暖

此诗写出了听雅尼克与费城交响乐团音乐会演奏的交响组曲《舍赫拉

查达》的感觉。这感觉是《一千零一夜》的女主人公舍赫拉查达的，也是诗人劲草的。了解交响组曲《舍赫拉查达》的读者固然会有同感，即使不熟悉该组曲的读者，也会从诗中体会到劲草与自然相融合，与天地相统一的心态，把它当成一首优美的抒情诗来欣赏。

像这种把自我与音乐意象融合在一起的作品，在诗集中并不少见。诸如"我的眼睛里有一片湖泊／安静且清澈／音符轻盈地飞落湖心／任何一颗，都会溢出泪来"（《柔板——致勃拉姆斯三首间奏曲Op.117》）、"薄如蝉翼的月光／缓慢又轻柔／一段如水的自述／缓慢又轻柔／／伸出手指／轻轻地颤抖／你的心，也会／轻轻地颤抖"（《月光——致勃拉姆斯D小调第一号钢琴协奏曲》）、"谁在耳畔窃窃低语／告诉我，要永远做一个少女／永远让心轻盈地，随时可以起飞／飞向那颗珍珠做的月亮"（《心弦上的咏叹调》）……在这样的对音乐的真切描绘中，抒情主人公那种清纯少女的心境不就完美地呈现了吗？

劲草的另一种类型的诗作是对音乐的礼赞。与前一种类型作品的思路是沿着音乐的流向而展开不同，这类作品体现的是对音乐作为一个整体、作为一种独立的艺术形式的思考，是对音乐美学的追寻。比如听取捷杰耶夫与伦敦交响乐团音乐会后，诗人发出感慨："音乐女神／为何偏爱你的子民？／赐予他们／驾驭弦、键、管的天赋／在木头、金属、丝线、皮革上。"（《音乐女神》）这是对音乐生成的材质的揭示，与我国传统文化中"匏土革，木石金，丝与竹，乃八音"的提法不谋而合。再如《致音乐》一诗中所说："你用陌生的旋律／带我进入熟悉的幻境……／／你用熟悉的旋律／带我进入陌生的幻境……／／我渴望／将身体变作某种器乐／这样便可长久地逗留／／在陌生与熟悉的幻境／那些音符早已等候在此。"这里所说的"陌生"与"熟悉"，不止是针对一首具体作品的旋律而言，而是深入音乐艺术辩证法领域的一种思考。在这类作品中，诗人还尽情地表现了自己对音乐的礼赞与崇拜。她把进入艺术的殿堂欣赏音乐看成"朝圣"："我朝圣，只带耳朵与灵魂／不要身体，否则我会颤栗／会环抱双臂、绷紧脚趾，竖起／每一根毛发／不久之后会被泪水湮没／是的！它们会不受控地／大颗大颗滚落下来／我不想，在圣殿中／发出任何不敬的声响／哪怕是一声，短促的抽泣。"(《朝圣者》)她还把欣赏音乐中自我与音乐的融合看成对音乐之神的"祭献"："祭献了双眼／让自己坠入无边的暗夜／舍弃了呼吸／身体像一条起伏的波浪／耳朵长在跳动的心上／听人类文明的颂歌／无需掌声，祭献了双手／不再，几张单薄的纸／写下执拗的词句／索性祭献了自己／获得乐神的恩赐。"(《祭献》)像上述几首诗所写已不单是音乐鉴赏心理的描述，而是彰显了在音乐与自我相融合、音乐与生命相交融过程中所获得的心灵的自由，这才是音乐鉴赏的最高境界。

2019 年 8 月 7 日

目录

CHAPTER 1 心弦上的咏叹调

舍赫拉查达	002
柔　板	
——致勃拉姆斯三首间奏曲 Op.117	005
星星滑落进恋人的眼睛	
——致贝多芬 C 小调第三号钢琴协奏曲	007
月　光	
——赠勃拉姆斯 D 小调第一号钢琴协奏曲	010
心弦上的咏叹调	013
如果协奏曲有颜色	
——致柴可夫斯基 D 大调小提琴协奏曲	015
波格莱里奇的钢琴	018
年轻的大提琴家	
——赠安德烈亚斯·布兰泰利德	022
大地在耳畔低语	023
自由的变奏	027
火　鸟	029
银白色的天鹅	032
纳喀索斯的水波	034
空椅子	037
爱情停留在夏天	040
你在金棕色的火星，我自银灰色的大海	041

01

CHAPTER 2 死之歌舞

岛	044
王子与公主的故事	
——献给科萨科夫《天方夜谭》第三乐章	045
在风中	049
再　会	052
以死亡拯救的死亡	060
过往，序章	063
早春的黄昏	066
查拉图斯特拉如是说	070
时　间	073
死之歌舞	075
墓志铭	
——致敬《死与净化》	078
春之祭	081
祭　祀	
——为《威廉·退尔》序曲所作	084
从未发生	087
告别，离开，返回	090
尘世之歌	092
罗密欧与朱丽叶	094
即兴搭建的舞台	100
丑　角	104

柔软的身影	107
荒山之夜	109
浮士德	112
音乐女神	116
致音乐	121
互　换	122
藏身之处	125
朝圣者	128
祭　献	131
驯　兽	
——赠指挥家丹尼尔·哈丁	132
不可知的语言	
——赠A大调第二钢琴协奏曲	136
音乐宇宙	139
大地之母	142
水·问	145
钢琴之舞	146
乐之湖	147
图画展览会	149
忠诚的仆从	153
一首三个音的诗	155
大自然的狂想	156

CHAPTER 3

灵魂的归栖

CHAPTER 4 燃烧 在呼吸与回廊之间

笼中鸟	160
应用程序	162
燃烧,在呼吸与回廊之间	164
沉溺	167
女人的诱惑	168
第一阵啼哭	169
乌鸦的魔法	170
丝　帕	171
天　鹅	172
孔雀与渡鸦	173
轻轻地,我离开你	174
朱　鹮	177
支　点	179
严肃四重奏	180
镜像之舞	182
梦想的海洋	
——致敬《肖邦叙事曲》	184
倾诉与嬉戏	187
巴格达的节日	189
辉煌的日光	
——为贝多芬第九交响曲所作	190

CHAPTER 1
咏叹调 心弦上的

舍赫拉查达

我躺在云朵里了

看阳光烘焙着云团

散出一阵金色的暖

看银鱼群穿过天际的乌云

暴风雨躲在后面

我躺在云朵里

风推着没有我的云

缓缓掠过我身边

我开始变得

没有一丝重量

比风更轻盈地

在云朵间跳起

古老而美丽的舞蹈

所过之处

云朵笑了,绽放彩虹的欢颜

我躺在云朵里了

比风更轻盈

比阳光更暖

——2016 年 5 月 24 日
雅尼克与费城交响乐团音乐会

艺术小贴士

　　交响组曲《舍赫拉查达》是里姆斯基·科萨科夫的代表作，他曾在沙皇海军中担任军官，有丰富的游历体验。科萨科夫以阿拉伯著名童话故事集《一千零一夜》为灵感创作了同名交响组曲，以此表达对东方神话的想象。

　　在初版总谱上，科萨科夫介绍了原作梗概：苏丹王沙赫里亚尔专横残酷，他每天娶一位新娘，次日便处死。机智的少女舍赫拉查达在新婚当夜，给苏丹王讲了一个离奇生动的故事，整整讲了一个晚上。第二天天亮了，这个故事正讲到关键之处，苏丹王被故事深深吸引，破例没有处死她。之后，舍赫拉查达又以同样的方式给苏丹王讲了许多动听的故事，一直讲了一千零一个夜晚。最后，苏丹王被故事感化，与舍赫拉查达白头偕老。

柔 板
——致勃拉姆斯三首间奏曲 Op.117

我的眼睛里有一片湖泊

安静且清澈

音符轻盈地飞落湖心

任何一颗，都会溢出泪来

并非悲伤，没有任何情绪

湖水洗净了脸庞

心脏被轻柔地抚摸、亲吻着

触发了灵魂深处的某个按键

回到最初的状态吧

无比的松弛、净化

身体极轻微地颤抖

蜷缩在母亲体内，安宁地睡着

原来音乐从不索求

——2019年5月30日
拉尔斯·福格特钢琴独奏音乐会

艺术小贴士

1. 三首间奏曲

三首间奏曲是勃拉姆斯晚年创作的小型音乐作品。这些小品集大多以《随想曲》《间奏曲》《幻想曲》《狂想曲》命名，展现了勃拉姆斯晚期创作的高超艺术境界，记录了作曲家敏感、内敛、转瞬即逝的情感瞬间，被认为他艺术生涯最璀璨的艺术成就。

2. 拉尔斯·福格特

拉尔斯·福格特1970年出生于德国，在1990年的利兹国际钢琴比赛中获得二等奖，从此进入公众视野。他的职业生涯多姿多彩，拉尔斯的曲风开阔，从莫扎特、贝多芬、舒曼、勃拉姆斯等作曲家的核心古典曲目到格里格、柴可夫斯基、拉赫玛尼诺夫的浪漫主义作品，再到绚丽动人的卢托斯瓦夫斯基协奏曲，他都能驾轻就熟、游刃有余。

星星滑落进恋人的眼睛
——致贝多芬C小调第三号钢琴协奏曲①

若能走进音乐的背面

星星滑落进恋人的眼睛

珍珠幕帘断了线

流水在手心里滴出了蜜

山坡上开满紫色的蝴蝶兰

彩虹在银色的沙滩上曼舞

草丛涌出一股温热的水流

亲吻着柔软的心尖

晨风送来一只流浪的小猫

在墙角丢弃的簸箕上玩耍

---

① 贝多芬C小调第三号钢琴协奏曲是贝多芬的第三首钢琴协奏曲,于1803年4月5日由作曲家本人在维也纳剧院首演,是贝多芬唯一以小调写成的钢琴协奏曲,共三个乐章。

小小的爪子弹着钢琴

欢快的声音令我回眸、寻找

从此，恋人的眼睛里多了一只小猫

星星一颗颗蹦跳着发光

现在让孩子猜一猜暗语的谜底

如果再相遇，我们做一家人

像蜜蜂追逐着花蕊（最有耐心）

世界始终在行进

空中昆虫不停地飞舞

跟随一种看不见的节奏

以及某种可爱的重复

我们总是在寻找

熟悉又陌生的故事

我们总是在期盼

一个偶然的相遇

一个柔软的结局

——2019 年 5 月 22 日
贝多芬钢琴协奏曲全集
布赫宾德与德累斯顿国家管弦乐团音乐会

月　光
——赠勃拉姆斯 D 小调第一号钢琴协奏曲

薄如蝉翼的月光

缓慢又轻柔

一段如水的自述

缓慢又轻柔

伸出手指

轻轻地颤抖

你的心，也会

轻轻地颤抖

你轻轻地来到

那一个清朗的早晨

在杜塞尔多夫

舒曼的门前

年轻的音乐家

正轻快地走过来

细腻的旋律

萦绕在他的脑海

你无需多言

颤抖的心上

轻轻的月光

正如水般讲述

——2018年3月9日
梵志登与纽约爱乐乐团音乐会

艺术小贴士

　　勃拉姆斯是音乐浪漫主义保守流派的主要追随者。1853年，年轻的勃拉姆斯主动拜访了音乐浪漫主义第一代大师罗伯特·舒曼，在舒曼毫不知情的情况下出现在他杜塞尔多夫的家门口。舒曼非常欣赏这位年轻人的才华，随后在《新音乐》杂志上发表了题为《新途径》的文章，盛赞勃拉姆斯是一位音乐救世主。舒曼写到"注定要完美地演绎时代的最高语言……像全副武装的密涅瓦从朱庇特的脑中迸发出来"。

　　可惜舒曼并没有看到勃拉姆斯后来的成就。1954年，舒曼的精神失常到了无可挽救的地步，他从桥上跳进了莱茵河里想结束自己的生命。随后舒曼被送往波恩的一家精神病院，两年后在医院逝世。1858年，在舒曼病逝一年多之后，勃拉姆斯创作了D小调第一号钢琴协奏曲，这部激烈的作品，充满"纯粹"的本质和动荡的浪漫主义，其音乐语言可以视为对舒曼的致敬。

心弦上的咏叹调

情人节前夜,雪花擦净了天空

月亮像一颗不完美的珍珠

天穹渐暗,珠光笼罩着世界

野鸭自藏身之处飞来

三五成群,到低浅的人工湖

享受夜晚的柔波

月光有舒适的 36.5 度

偷偷在肌肤上跳舞

当雪花宝宝拢起雪被

它会变得更清冷,和风儿一起飞

梳理草木的羽毛,注入疗愈的力量

抚平大地隐秘的细纹

曾经的伤痕开出音乐的果香

谁在耳畔窃窃低语

告诉我，要永远做一个少女

永远让心轻盈地，随时可以起飞

飞向那颗珍珠做的月亮

——2019 年 2 月 14 日
万伦缇娜·李斯蒂莎钢琴独奏音乐会

如果协奏曲有颜色
——致柴可夫斯基 D 大调小提琴协奏曲

一

如果协奏曲有颜色

这首如星辰灿烂

他在我心里拉着弓弦

我多想把这奥妙

用文字表述

成为永恒可以碰触

但我不能且没人能

二

我任由他牵着，瘫软在这儿

在他那双灵动的手上

悬细的声音，比发丝更轻

急促的节奏，颤抖着重复哼鸣

我瘫软在这儿，任由他牵着

三

他的手，在弦上红得发烫

快速地滑抖挑揉

这是魔鬼的声音，冥界的魅惑

这位老柴的使徒，百年的冷峻

眼眶之下的阴影

藏了多少捕获的魂灵？

——2016 年 12 月 9 日
普莱特涅夫与俄罗斯国家交响乐团音乐会

艺术小贴士

《D大调小提琴协奏曲》是俄罗斯作曲家柴可夫斯基的代表作，是一部欢快、活泼、充满青春气息的作品。它不但充分发挥了主奏小提琴绚烂的近代演奏技巧，展开了色彩丰富的管弦乐，展现了比以往的小提琴协奏曲更新鲜的韵味，而且用含有俄罗斯民谣的地方色彩，独特且充满哀愁的优美旋律，创作了格调新颖独特的音乐作品，表现了俄罗斯人民的乐观主义精神。这首乐曲起初并不受世人欢迎，然而历史最终证明这是一首绝无仅有的音乐杰作，在音乐舞台上经久不衰，成为许多著名小提琴演奏家的保留曲目。

波格莱里奇的钢琴

时光的声音在他指尖

奔流或柔静

拂过竖起的毛发

洗涤着眼睛

让我看到了时光的身影

它的形象可真变幻

没人能看清它的真面目

这调皮的精灵

有千张面孔,万种声音

落进不同的耳朵与心灵

一些可人的妖精

缱缱绻绻在那三角琴上

引我寻来

它们欢快地跳着波尔卡

拉扯着我的头发

它们让我也跳舞

但我必须端正地坐在这里

朝圣，但我的心啊

早已交予了他

———2016 年 12 月 4 日
伊沃·波格莱里奇钢琴独奏音乐会

艺术小贴士

　　波格莱里奇1958年出生于南斯拉夫联邦人民共和国，7岁在家乡接受钢琴启蒙，毕业于莫斯科柴可夫斯基音乐学院。20岁时赢得意大利卡萨格兰德大赛首奖，22岁赢得加拿大蒙特利尔国际音乐比赛冠军。1980年在肖邦国际钢琴大赛中，波格莱里奇因不拘一格的演奏备受争议而在第三轮被淘汰，评委阿格里奇当场退席，抗议天才琴手所受不公。虽然落选比赛，但波格莱里奇由此声名大噪。他的演奏极富张力和欣赏性，触键干净利落，音质坚实且有亮度。

　　18岁时，波格莱里奇拜年长20岁的格鲁吉亚女钢琴家凯泽拉杰为师，并在20岁时与亦师亦友的凯泽拉杰结婚。婚后，两人十分幸福。1996年，凯泽拉杰病逝，波格莱里奇备受打击，从此隐居瑞士，极少参加录音和演出。在沉寂了10年之后，波格莱里奇才逐渐回归公众视野。

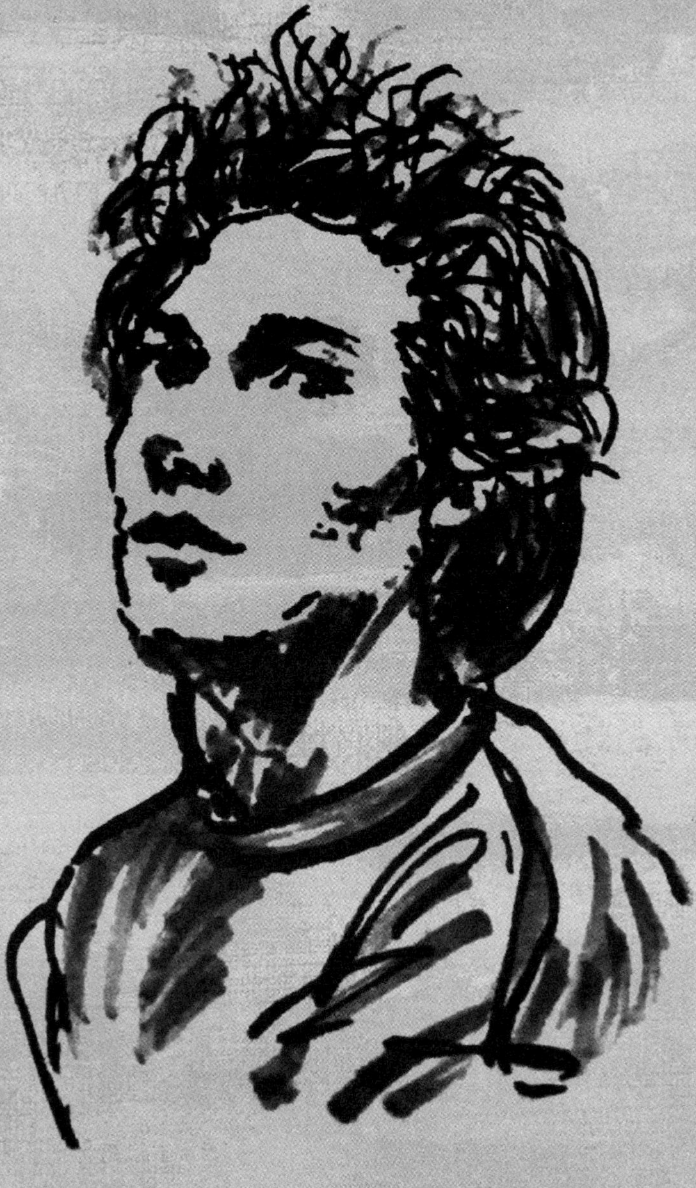

年轻的大提琴家
——赠安德烈亚斯·布兰泰利德

挺拔的鼻子

大卫的侧颜

薄薄的嘴唇抿作一条漂亮的直线

浅栗色卷发散射着奇妙微光

低垂的双眸沉浸在深邃的海洋

每一帧画面

恍若卢浮宫一件珍藏

美与力,融入

大理石般温润与刚毅

弓弦沉沉低语

像温暖有力的手

托起眼睛扶住额头

不让我的泪水落进

这一首协奏曲

——2018年1月5日
伦敦爱乐乐团新年音乐会

大地在耳畔低语

第一乐章

六月之后

大地总在耳畔低语

孩子找不到光的七条秘密通道

万花筒里的世界滚动着闪烁

我急切地，渴望一个神祇

在梦里

第二乐章

潮水涨得这般高

我曾梦见宁静的湖泊

水浪自高山奔流

象群在浅滩嬉戏

水蛇浮游着捕猎，与我说：

春潮涨起来时你的眼睛会不停地落泪

你的恋人就会出现，在你的眼中沦陷

第三乐章

夜池里的光正缓慢地收拢

趁着夜色出发

带上心爱的钢笔和信笺

带着玫瑰花露与迷迭香

踏上漫长的旅行（没有回程）

游吟诗人在牧野歌唱

赞美爱与死亡的真谛

净化着旅人的心房

第四乐章

在世界的某一个地方

天空更蓝

找到躲藏的小蓝鸟，向它许愿

我听见了大地的声音

带着馨香，微弱低沉

眼中的潮水渐渐平息

安静地伫立在风中

任由音符亲吻

——2019 年 7 月 9 日
德累斯顿男童合唱团音乐会

艺术小贴士

　　德累斯顿男童合唱团是世界上最知名、历史最悠久的男童合唱团之一，历史可追溯到13世纪初，主要是为德累斯顿圣十字教堂的宗教音乐服务，并定期举办宗教音乐作品音乐会。宗教音乐是合唱团的核心曲目，涵盖了文艺复兴时期的作品及现代作品。

　　每年，德累斯顿男童合唱团都受邀进行国际巡演，除了德国和欧洲，合唱团的足迹遍及以色列、加拿大、日本、美国和南美等地，多次在国际音乐节和电台、电视节目中亮相。男童合唱团由9～18岁共130名团员组成，团员就读于圣十字教堂旁的拉丁学校，被称为"小十字团员"，大约有三分之二的学生住校，每周都进行声乐和乐器训练。

自由的变奏

少男少女头依着头

柔软的围巾垫住椅子扶手

两人轻轻依偎着

听郎朗的弹奏

今晚的他不再像几年前

我也不再是从前的我

但我始终保有乐观的心态

舞台像一块发光的金币

母亲希望生活于我

像欣赏一场音乐会

只需安静地欣赏——

（心无旁骛、无所负担）

轻柔的旋律、欢快的起伏、热烈的喝彩

她希望我当个旁观者就好

不用经年累月艰苦地练习

不用费尽心思抢一张入场的票券①

就这样安静地

看着少男少女，轻轻依偎着

听一首自由的变奏曲

——2018年11月23日
杜达梅尔、郎朗与柏林爱乐乐团音乐会

---

① 柏林爱乐乐团是拥有"世界第一"美誉的交响乐团。两位"80后"超级明星——指挥家古斯塔沃·杜达梅尔和钢琴家郎朗的加盟，让这场音乐会万众瞩目。开票9秒，国家大剧院售票系统即告崩溃，系统恢复后，两场音乐会票几乎秒罄。

火　鸟

我有一根火红的羽毛

可以召唤一只神奇的火鸟

救我于危难之际

助我遨游星辰大海

找寻梦幻之岛

哦，神奇的羽毛

我把它种在了窗台上

看它在烈日下似火燃烧

锋利的雷电是它的晚餐

狂怒的暴雨作它的茶点

它是永恒之火

以不熄应对瞬息的变幻

当我长大了

驾起一叶扁舟

在无际的大海中巡游

我把羽毛收在了心口

以柔韧应对狂暴

以温柔感受温柔

哦,神奇的羽毛

即便历经千难万险

我也不曾使用

我要找到梦幻小岛

将羽毛还给神奇的火鸟

——2018 年 3 月 6 日
克里斯蒂安·亚尔维与俄罗斯国家模范交响乐团音乐会

艺术小贴士

  1909年，受俄罗斯芭蕾舞团佳吉列夫的委托，作曲家斯特拉文斯基为芭蕾舞剧《火鸟》作曲。1910年《火鸟》在巴黎歌剧院首演。这部作品深受俄国强力五人集团之一的里姆斯基·科萨科夫的影响，严守了民族乐派的传统，和声浓郁、色彩丰富，是斯特拉文斯基最著名的舞剧之一。

  舞剧剧情取自俄罗斯神话：王子伊凡外出打猎迷路，误入魔王城堡旁的果园，他捉住了一只羽毛闪光的火鸟，之后又动了恻隐之心放了它，火鸟赠给他一只红羽毛，作为相助的信物。后来伊凡在火鸟的帮助下消灭了魔王，解救了被囚禁的少女和化为石头的青年，并与公主结为夫妻。

银白色的天鹅

雪花编织着大地

少年们身着白衣

月亮捧在手心

赤脚走来静默不语

赤脚淌过冰冻的溪水

银白色的天鹅在岸边致意

少年们高高举起——

皎洁的月亮，大小不一

阿门——阿门——

伴着少年的祈祷

月亮发出咚咚的声响

银白色的天鹅开始了歌唱

呼唤的歌声令大地苏醒

赞美的歌声已绿树成荫

白衣少年虔诚的目送

月亮缓缓升向了天穹

——2018 年 6 月 29 日
唱享天籁奥地利布鲁克纳童声合唱团音乐会

纳喀索斯的水波

上帝赐我两杯灵药

——爱之真且永恒

灵药似鲜血

在水晶杯里如心脏跳动

我被送回尘世

拥有三次选择

 第一次我将两杯都饮下

我便永远爱自己了

像纳喀索斯凝望水波

拥有了美丽的永恒

丧失了给予的快乐

第二次我将一杯饮下

另一杯给了街角第三位路人

无论性别、美丑

孩童还是耄耋

贵族或流浪者

虽然那是魔咒布下的可笑的圈套

但我与其坚信

彼此爱之真且永恒

第三次我将魔药洒向了黑夜

它在我耳边窃窃私语

时刻笼罩着我

我的身体有一所房子

孕育着许多星星

我的身体有两所房子

流淌着甘甜的银河

黑夜变作了星空

倒映着纳喀索斯的水波

——2017年8月23日
国家大剧院、大都会歌剧院、波兰华沙
国家歌剧院、巴登－巴登节日剧院联合制作理查德·瓦格纳歌剧
《特里斯坦与伊索尔德》

艺术小贴士

1. 纳喀索斯

纳喀索斯出生后,他的父母去求神示,想知道这孩子将来的命运如何。神说:"不可使他认识自己。"纳喀索斯长到16岁,出落成为一个十分俊美的少年。他的父母因为记住了那句神示,一直不让他看见自己的影子。年少的纳喀索斯常常背着箭囊,手持弯弓在树林里打猎。一天,他发现了一片清澈的湖水,觉得又热又渴,便低下身准备饮水。突然看见了水中的影子,不由心生喜悦爱上了自己的倒影。日复一日,纳喀索斯目不转睛地望着水中的影子,最终变成了一株水仙花,散发着淡淡的幽香。

2. 爱情魔药

特里斯坦是康沃尔国王马克的侄子,他的叔叔将迎娶爱尔兰公主伊索尔德。在从爱尔兰回国的路上,伊索尔德爱上了特里斯坦,却又为他杀死了自己的未婚夫耿耿于怀,拟用毒酒与他同归于尽,不料被侍女将毒药换成了爱情魔药,致使二人陷入情网……

空椅子

今晚注定成功

双手垂落，气息沉下的一瞬

热烈的掌声必将在这里回响

不久之前

在这里的同一个角落

我还依靠着一个肩膀

我们轻声耳语，分享聆听的喜悦

安静地依偎，感受音乐的流淌

不同的音符排列组合

成就了不同的旋律

在同一所艺术的殿堂

将人类从电子垃圾中拯救出来

寻找某种同频的共振

从前，我只有音乐一位恋人

我的眼中、脑海里全是他的声音

今夜，躲在硬朗的石膏柱侧面

我却无法全身心地聆听与投入

我总想起那一个画面

我们轻声在交谈

并且，清晰地记着一种感受

甜蜜又不安

在第三排的围栏后面

空椅子坚定不语

不为欣赏而故作欣赏

更不属于任何一个人

坐在它的旁边,我再次拾起笔

等待双手垂落,气息沉下的瞬间

——2019年5月17日
五月音乐节雅尼克与费城交响乐团音会

爱情停留在夏天

告别了春天的蠢蠢欲动

爱情停留在夏天

大地补给了充足的养分

沉甸的果实还未孕育

一切充满了美妙的期许

摆脱收获的忙碌与沉重

未见回归的平静与颓败

只有夏的滚滚惊雷

只有晚风低语

炙热与凉爽交替着降临

玩耍着独唱与重唱的小游戏

爱情停留在夏天

好似心口荡漾着一艘小船

——2017年5月17日
"古典与简约"挪威特隆赫姆独奏家乐团音乐会

你在金棕色的火星,我自银灰色的大海

你的眼眸藏在

柔顺的发帘后面

正服帖地随着你的起伏摇摆

起初我们都在沉睡

你在金棕色的火星

我自银灰色的大海

我们跨越平行的世界

相聚在这座肖邦的行宫

俏皮的音符欢快地跑来

请我猜你眼眸的色彩

倒映的光里你额头低埋

那迷人的双眼未曾睁开

急促的节奏藏着急促的喘息

修长的手指在琴键游弋

长长的燕尾服蠢蠢欲动

仿佛正在飞起的一只风筝

若不是琴键牢牢拴着

就要冲破高高的云层

——2017年9月23日
丹尼尔·特里福诺夫独奏音乐会

艺术小贴士

　　丹尼尔·特里福诺夫，1991年3月5日出生于俄罗斯下诺夫哥罗德。5岁开始学习音乐，9岁在莫斯科格尼辛音乐学校塔蒂阿娜泽利克曼班，师从康士坦丁·列夫席兹、亚历山大·科布林、阿列克谢·沃洛丁等艺术家。2006年，15岁的特里福诺夫开始学习作曲，并创作了钢琴、小型室内乐、交响音乐等作品。自2009年起，他在克利夫兰音乐学院的谢尔盖·巴巴扬班学习，先后获得华沙肖邦国际音乐比赛铜奖、特拉维夫亚瑟·鲁宾斯坦音乐比赛一等奖和莫斯科柴可夫斯基音乐比赛金奖。

　　著名的钢琴家马莎·阿格里奇评价特里福诺夫："他指尖有柔情和恶魔的两面性，我还从未听过这样的音乐"，并评价特里福诺夫"能力全面、超越期待"。

岛

让我做你的岛

你做岛上的飞鸟

飞吧

坚实的地基已埋入黑夜

露出的山是我的一小部分

但它足够支撑你飞

踩着我

因为我爱你

——2016年10月18日
金星舞蹈作品《海上探戈》

王子与公主的故事
——献给科萨科夫《天方夜谭》第三乐章

汹涌的波涛

桅杆在天际线起伏

闪闪发光的宝石

堆砌在无人的山谷

夜鸟落上一棵枯树

树下一只被施法的山羊

逢人便说，咒语是牧羊人的手杖

大家只看到甩动的羊角

听到咩咩的叫声

旅人从清真寺门前的喷泉汲水

叮当的驼铃响彻遥远的沙漠

每个夜晚，巴格达的花园

会奏响东方的旋律

在这神秘的国度

山火与大海相连

云端传来真主的颂歌

处处是魔法与秘密的宝藏

赤脚的女郎在波斯地毯上起舞

每个夜晚,巴格达的花园

会响起熟悉的旋律

公主与王子的故事

开始了讲述……

——2019年1月26日
穆蒂与芝加哥交响乐团音乐会

艺术小贴士

　　1888年夏天，受《一千零一夜》的启发，里姆斯基·科萨科夫创作了一部管弦乐作品，并将其命名为《天方夜谭》。在作品初版时，他给全曲四个乐章写下了四个标题，"第一乐章:《大海与辛巴达的船》""第二乐章:《卡蓝德王子的神圣故事》""第三乐章:《青蛙王子与公主》""第四乐章:《巴格达的节日:辛巴达的船撞上立有青铜骑士的峭壁》"。后来为了不让太具体的标题束缚听众的想象力，便在之后的几次再版中，把四个乐章的标题删去了。

　　乐曲的第三乐章为奏鸣曲形式，采用了具有阿拉伯风格的深情、温柔、优美的旋律，具有东方舞曲风格，王子与公主交织在一起，向人们展现了一副爱情画面，经过多次变奏，最后以木管乐器流畅、轻巧的下行，轻轻地结束。

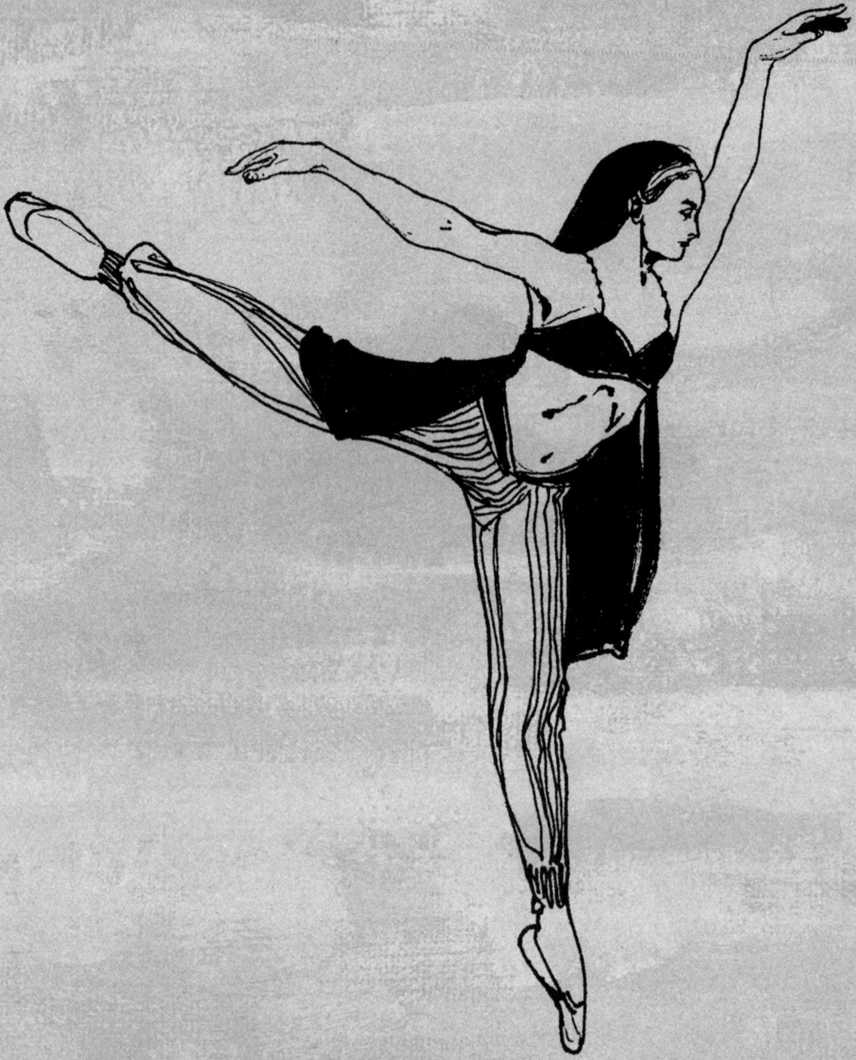

在风中

雨丝在风中飘荡

弯曲、折叠，用身体制造彩虹

在爱的时空里

足尖是大地生长的茎杆，笔直挺拔

大地时而在天空之上

无需言语

嘴唇碰触着嘴唇

指尖触摸着指尖

匍匐、拥抱，在风中滚动

你看茎杆上

花蕾多么得紧实

在风中极速地跃动旋转

在一瞬间绽放

雨停住了

发丝仍在天空，飘荡

——2019 年 7 月 21 日
第五届北京国际芭蕾舞暨编舞比赛颁奖典礼及闭幕式

艺术小贴士

"芭蕾"是世界经典艺术的璀璨明珠。

在文艺复兴鼎盛时期,每逢节日庆典,意大利和法国宫廷会用芭蕾舞庆祝或助兴。1661年,路易十四创立了历史上第一所教授芭蕾舞的舞蹈学校——法国皇家舞蹈学院,确立了沿用至今的芭蕾五个基本脚位和七个手位,使芭蕾有了一套完整的动作和体系。

17世纪70年代,芭蕾从属于歌剧,称为歌唱芭蕾或芭蕾歌剧,专业芭蕾演员应运而生,舞蹈技术得以迅速发展。18世纪中叶,芭蕾大师J.G.诺韦尔首次提出了"情节芭蕾"的主张,强调舞蹈不只是形体的技巧,而属于戏剧表现和思想交流的工具。芭蕾与歌剧分离,形成一门独立的剧场艺术。19世纪末期,"古典芭蕾"进入鼎盛时代,产生了一大批诸如《睡美人》(1890),《胡桃夹子》(1892),《天鹅湖》(1895)等经典剧目。20世纪初期,谢尔盖·佳吉列夫等不满足于保守现状的人们开始对芭蕾进行改革,开拓了"现代芭蕾"的崭新纪元,创作了《春之祭》《火鸟》等著名的现代芭蕾作品。

再 会

一

迎着众人目光

她跨过那扇窄窄的门

门外众人缓缓散去

她的背影渐行渐远……

当最后一人离去

光瞬时熄灭

漆黑落幕

二

起初,门外有半张脸

硕大的眼睛向内窥探

随后是整张

当轮廓渐缩小

一个穿着老气衣服的橘红色齐耳短发女孩出现了——

她敲敲打打

试图进入门内的世界……

几经努力,她成功了

三

像站在巴黎街头的乡下姑娘

她动作滑稽怪异

不顾旁人的奔跑跳跃

地面投下大小不一的光圈

她只在光圈中舞蹈

肢体乱飞动作零散,毫无章法

她攀爬倒立,双腿如剪刀铰

她用圆锥似的足尖

一下一下戳着圆心

手臂似上弦的指针,快速挥舞

四

一次,她来到舞台边缘

试图爬一堵无形的墙

难以逾越

便丧气地坐在地上

不多时又兴致勃勃

回到光圈里舞蹈

一次，光圈消失了

舞台散漫着橘色柔光

她满场飞舞

像不停歇的质点

四散着轨迹

五

她尽情地舞蹈

毫不顾忌门外的世界

一人远远望着又默然离去

一人静静走近

试图穿过窄门却以失败告终

她兴致高昂

索性脱了外套鞋袜

光着脚丫在地板上

更加夸张与疯狂地舞蹈

沉浸在自己的世界

六

我也沉浸在这个世界

它很私密，只属于我俩

我们都有些羞怯

在表面的平静下

藏着童真的快乐与热闹的思绪

可爱的幻想

疯子般的幻想

不管多古怪多滑稽……

我羡慕她可以自由的舞蹈

用肢体为心灵说话

七

当人群渐渐在门外聚集

她坐在地板，安静地穿上鞋袜

捡起外套，系好每一颗扣子

整理着橘色短发

一步一步向门外走去……

无声地跨过门槛

无声地望着人群

无声地与之汇合

人群渐渐散去,她也随之离去

八

当最后一人离开

光瞬时熄灭,漆黑落幕

留下我在这边的世界

无声地落了泪

无声地道着再会

——2012 年 11 月 12 日
国家大剧院舞蹈节 希薇·纪莲舞蹈《六千英里之外》

CHAPTER 2

死
之
歌
舞

以死亡拯救的死亡

巨大的光圈，旋转

投影，在漆黑的海面

死亡是唯一的解药

鲜血在肆意狂欢

虚弱的游丝

支撑着坚定的信念

可重逢的时刻，再也

无法抬起手臂

无法环绕，爱的双肩

倒下吧，特里斯坦

解脱了，特里斯坦

你着了心魔

又被爱的火焰烧焦了灵魂

躺在冰冷的岩石之上

你焦黑的魂

是否正在窥探？

爱尔兰公主即将完成她的祭献

白昼之光别样眩目

请留下片刻宁静的黑

让死亡解下这对荒诞的命运

——2017 年 8 月 23 日
国家大剧院、大都会歌剧院、波兰华沙国家歌剧院、
巴登－巴登节日剧院联合制作理查德·瓦格纳歌剧
《特里斯坦与伊索尔德》

艺术小贴士

　　特里斯坦，男主人公，国王马克的侄儿，因饮下了爱情魔药而爱上了叔叔将迎娶的爱尔兰公主伊索尔德，二人私情被国王发现，特里斯坦被国王侍卫杀死，死于伊索尔德怀中。

　　伊索尔德，女主人公，救过特里斯坦一命，又对他杀死自己的未婚夫耿耿于怀。在将被国王马克迎娶的路上，伊索尔德拟用毒酒与特里斯坦同归于尽，不料侍女将毒药换成了爱情之药，二人饮后同陷情网。特里斯坦因此而死，伊索尔德也自尽于特里斯坦身旁。

　　《特里斯坦与伊索尔德》是理查德·瓦格纳歌剧创作生涯中最重要的作品，被世界公认为歌剧巅峰作品之一，与贝多芬的第九交响乐并称为十九世纪最有影响力的音乐作品。这部歌剧在西方古典音乐作曲家中有巨大的影响力，启发了诸如马勒、查理·施特劳斯等作曲家的创作灵感，德彪西、拉威尔、斯特拉文斯基也得益于瓦格纳宝贵的音乐遗产，构建了自己独特的音乐风格。这部歌剧长达5个半小时，著名指挥家卡拉扬年轻时曾在指挥这部歌剧时由于过度投入而虚脱，而历史上曾有两位著名指挥家菲利克斯·莫蒂尔和约瑟夫·凯尔伯特在指挥《特里斯坦与伊索尔德》时心脏病发作，不治身亡。

过往，序章

圆形的舞台盖着黑色锡纸

像一块高度腐烂的月亮

几个怪异的人，默不作声走上来

站定，俯身，把纸撕得稀烂

白肉露了出来

月亮获得新生

台上的人时多时少

奋力念白、对话、叫喊

肢体竭力地对空气说

我是我，我是一个优质的演员

黢黑的脚印蹭得到处都是

月亮更加真实

台下的人经常受诱骗

明明看着一出戏

偏偏入了戏（大笑或流涕）

上半折是欺骗、陷害，剥夺权力的悲苦

下半折是愤恨、复仇与最终的宽恕

戏是好戏，人亦是好人

困局、瓶颈、欺骗、禁锢，看似无路可走

或许才是生活赐予的，涅槃的良机

——2018年8月15日
国家大剧院制作莎士比亚话剧《暴风雨》

艺术小贴土

　　五幕话剧《暴风雨》是莎士比亚独立完成的最后一部剧作，大约写于1611年，于1611年年末首演，1623年第一次正式出版。《暴风雨》也是公认的莎士比亚创作后期最优秀的代表作，代表了莎士比亚戏剧的最高成就。作品以传奇的方式描绘了人间悲喜，并赋予宽恕、和解、仁爱的精神，展示了平和与大气，以及对人类未来的美好愿望，成为文学史上不朽的经典。

早春的黄昏

日渐僵硬的躯体

囚禁着一颗灵魂

春潮的激流无法唤醒

惊雷炸响也毫无生气

微醺的风中,野花轻摆

翠鸟在森林的光缝间鸣啼

自然之力已无法,唤醒这具沉睡的肉体

只好用恶毒的讽刺咒骂

作一柄冰冷的利刃,割开苍白的皮肉

谁在暗自啜泣?

阴影,一片坚固无边的壁垒

遮蔽了早春的黄昏

一个奇异又平缓的声音

低旋着，在壁垒后方汇聚

肢端麻木、眼神涣散

躯体只剩呼吸的起伏

是就此沉溺

思维凝固，埋入浑浊的泥沙？

还是用尽全部的意念

挣扎着、无声地吐出——不

挣扎着、哑声地吐出——不

孤独的斗争干涩无力

黑暗中不妥协的意念

加速了某种自我的疗愈

阴影背后，早春的黄昏

春潮的激流铿锵

澎湃的声音像一首赞美诗

以坚定的旋律，宣告

胜利在回归

——2018 年 10 月 22 日
克里斯蒂安·蒂勒曼与德累斯顿国家管弦乐团音乐会

艺术小贴士

德累斯顿国家管弦乐团创建于1548年,是世界上最古老、历史最悠久的交响乐团之一。在其历史长河中,许多著名指挥家以及独奏家都曾留下光辉的足迹。音乐巨匠理查德·瓦格纳曾任乐团音乐总监,称乐团为他的"安菲翁魔琴",赞美乐团的声音一如宙斯之子安菲翁的竖琴之音,有着感化顽石、以乐筑城的神奇之力。

理查德·施特劳斯与乐团合作60余年,他的9部歌剧由乐团首演,其中不乏传世佳作《莎乐美》《埃莱克特拉》和《玫瑰骑士》。施特劳斯更是将生平最后一首标题交响诗《阿尔卑斯交响曲》献给了德累斯顿国家管弦乐团,并在1915年亲自执棒首演。

作为世界上最为著名、最受欢迎的交响乐团之一。2007年德累斯顿国家管弦乐团在比利时布鲁塞尔被授予"欧洲文化基金会世界音乐遗产保护奖"称号,成为第一个,也是迄今为止唯一获此殊荣的乐团。

查拉图斯特拉如是说

查拉图斯特拉宣告

上帝已死！超人即将诞生！

天使挥动翅膀的清风

地狱熊熊燃烧的烈火

皆不复存在

天堂，狭隘人类的虚妄

超人——人类的高阶

迈向高阶的道路

钟声令我开悟

站在一根细弦之上

施特劳斯滔滔不绝

尼采在石墓中沉默地坐着

人类总善于解读他人或曲解

何时能清晰的读取自我?

教堂坍塌

失去了忏悔与祷告

选择羊群还是超人?

远去的步履声声渐弱

——2017 年 10 月 14 日
夏伊与琉森音乐节管弦乐团音乐会

艺术小贴士

《查拉图斯特拉如是说》是德国哲学家、思想家尼采的一部里程碑式的作品，几乎包括了尼采的全部思想，文笔绮丽，哲理深沉。这本以散文诗体写就的杰作，宣讲"超人哲学"和"权力意志"，用如诗如歌的语言，道出了对人生、痛苦、欢乐、期许的深邃体悟。

德国作曲家理查德·施特劳斯的同名交响诗《查拉图斯特拉如是说》的创意来源于尼采的同名著作，描写无神论者从唯心走向唯物的富于哲理的过程。1892年，施特劳斯在埃及时开始读到尼采的作品，表示这位哲学家"对基督教的抨击，特别震撼我的心弦，读了他的书，证实了我15岁时不知不觉对这宗教产生的反感是对的，并加深了这种厌恶感。信徒只要忏悔，就可不为自己的行为负责任"。1946年，施特劳斯写道，他从尼采的《查拉图斯特拉如是说》中获得了"美学的享受"。他明确地说，"我只想用音乐来表现人类经由宗教以及科学的各个发展阶段，由原始人逐渐进化，直到产生尼采的超人思想。我意欲用整首交响诗表达我对尼采的思想的敬意。"

时 间

从不留恋逝去，它

只钟情未来

它，轻而易举

洗刷过往的痕迹

它，极度厌恶

那些残留的，沉积

或腐烂的味道

它，喜欢新鲜的

像挂在枝头的果子

恰到好处

它，无错对之分

且不看重生死

因为生死毫无意义

它，拥有永生

却又在每一个瞬间死去

——2017 年 7 月 26 日
中国舞蹈十二天《天凉好个秋》

死之歌舞

耗子在胡须上弹奏饱满的和弦

月亮露出了一片单薄的、泛黄的边缘

稀薄的云层像家里多动的弟弟

飘荡在这里又去往那里

夜幕下，不安稳的情绪渐强

冬日的果核卡住了喜鹊的喉咙

谁在哑声歌唱？

树冠发出了沉重的呼吸声

星星恐惧地关闭了身体

在看似安然无恙的五月

脉搏如奏鸣曲般跳动

生命在向欢愉招手……

死神骑着她的夜骥

出现在一个燥热的午后

她墨色的长发缠在腰间

漆黑的盔甲露出苍白的双眸

床榻上熟睡的鼾声起伏

死神注视着轻蹙的额眉

梦寐的耳边，泛灰的鬓角

她白骨闪烁，低声劝说：

臣服我吧

脱离肉体的痛楚，忘却生活的困顿

忧思不会再平添皱纹、浑浊你的双眼

岁月不会将你禁锢在衰老的躯体

睡吧，我的朋友

摆脱烦忧的睡吧，不再醒来

我将使你自由……

——2019年6月21日
尤森兄弟双钢琴音乐会

艺术小贴士

　　《死之歌舞》由莫捷斯特·彼得诺维奇·穆索尔斯基作曲,创作于 1775—1777 年,采用了阿尔谢尼·戈列尼谢夫-库图佐夫(Arseny Golenishchev-Kutuzov)的同名叙事诗作歌词,以男低音独唱及钢琴伴奏形式演出。套曲由四首叙述死亡的歌曲组成,以诗化而真实的口吻描述了 19 世纪俄国大众中并不鲜见的四种死亡场景:幼年夭折、青春早逝、酒后遭遇不幸以及在战争中失去生命。四首歌曲依次为:《摇篮曲》《小夜曲》《特列帕克舞》以及《统帅》。

墓志铭
——致敬《死与净化》

朋友，穿过时间的迷雾

走进林立的墓地

请找到你的名，你的年月

你众多照片中孤独的一张

这里会刻一段墓志铭吗？

当久长的岁月风化了石碑

野蛮的植被覆盖了心土

熟悉的人都装进了窄木匣

还有谁？会来抚摸

这块记载着你的，存在

他们是微笑或是落泪

会带一束你最爱的花吗?

他们是否懂你

是否恨不能穿过时间的迷雾

努力地找寻你

朋友，你的墓志铭会怎样记叙?

让我们讨论讨论这个问题

——2017 年 10 月 14 日
夏伊与琉森音乐节管弦乐团音乐会

艺术小贴士

　　《死与净化》创作于1888年，完成于1889年，是理查德·施特劳斯交响诗中的代表作，表现了一个经历病痛折磨的人在弥留之际回顾往昔的奋斗历程。

　　在音乐形式上，《死与净化》基本遵循奏鸣曲式，包括一个缓慢的引子和一个表现净化的尾声。引子的气氛压抑、焦虑，弦乐和长笛发出疲惫的叹息。随后，竖琴缥缈的音乐拉开了病人的梦境，在恍惚间仿佛回到了美好的童年，陷入各种纷繁的回忆……死亡的时刻来临，灵魂离开了躯体，飞升到永恒的太空，在最壮丽的形式中获得了人间所没有的完美。

春之祭

大地母亲在召唤

一位远游的孩子

将要回到母亲身边

孩子们围成圆圈跳舞

雷声一阵一阵催促

跳舞的孩子继续跳舞

枯枝敲打着他们瘦弱的

脊背与赤裸的双腿

不停高举的手臂

像破土的细芽摇摇欲坠

精疲力竭的孩子继续跳舞

盘旋的飞鸟

紧盯着每一个延迟的脚步

钟声急促敲响

幸运之人即将选出

远游的孩子不再跳舞

他们唱起赞美之歌

感谢母亲赐予的丰厚

回归的少女回归了大地

她的故事已无人在意

——2018年3月9日
梵志登与纽约爱乐乐团音乐会

艺术小贴士

《春之祭》是斯特拉文斯基于1911—1912年创作的一部芭蕾舞剧，展现春天神秘和喷薄的创造力。乐曲本身没有情节，但芭蕾舞剧展现了春天庆典和贞女献祭两个部分。

《春之祭》在音乐、节奏、和声等诸多方面都与古典主义音乐截然不同，在1913年首演时曾经引发一场骚乱。当开始的几个小节响起，观众席就发出了抗议声，随着乐曲的演奏，人们开始示威，之后演变为一场大骚动。多家巴黎报纸上转载了这样的乐评——"一个半野蛮人类的痴语""癫狂的人群被一个音乐家的大脑所能产生的最为震撼的多旋律不断的掰扭着"，并且说"一次势必引发热议的新奇惊险，将使所有真正的艺术家难以忘怀。"

打破传统的创作手法，不协和的调性、冲突的和弦和古怪的节奏，使《春之祭》成为20世纪现代音乐开创先河的作品，曾被评选为对西方音乐历史影响最大的50部作品之首。

祭 祀
——为《威廉·退尔》序曲所作

光的颜色析出

用弓弦碾作空气

肆意四溢

手拂微风

足尖是大提琴刺出的琴脚

在地上戳着小小的暗坑

脚踝的铃铛，铃铃颤抖

一颤是心脏的一拍节奏

花香袭来，斑斓的光扑面

竖起耳朵，捕捉名为乐的猎物

锐响，巨浪随之降临

击倒并吞噬

泪是开启圣殿的钥匙

光从门缝溢出

骑士射出一支箭

将我捕获

仆人们有序地忙碌

序曲的大幕吊着

启示录的引子不停旋转

祭献开始了

巨浪包裹着我

沉沉睡去

死亡，随之新生

——2016 年 11 月 11 日
夏尔·迪图瓦与英国皇家爱乐乐团音乐会

艺术小贴士

1.《威廉·退尔》

《威廉·退尔》是意大利作曲家焦阿基诺·安东尼奥·罗西尼的代表作，代表了他艺术成就的最高峰。剧序曲比歌剧本身更为有名，是音乐会上经常演出的节目之一，全曲描绘阿尔卑斯山下瑞士的自然环境，和瑞士革命志士慷慨激昂，视死如归的进军。曲子旋律优美、节奏活泼，宛如一首交响诗。

2. 焦阿基诺·安东尼奥·罗西尼

焦阿基诺·安东尼奥·罗西尼是浪漫主义音乐早期代表之一，生前创作了39部歌剧以及宗教音乐和室内乐。18世纪末，意大利的正歌剧和喜歌剧进入衰落时期，是罗西尼复兴了意大利的歌剧艺术，开创了意大利歌剧时代，对声乐艺术的贡献无人能及。罗西尼与贝里尼、多尼采蒂并称为"美声学派三巨头"，并启发了圣桑、威尔第、瓦格纳的创作。

从未发生

萤火虫三五成群

在芍药花上起舞

赞美一种很明亮的颜色

带着朦胧的情愫

牧人的笛子和啾啾鸟

谁的谜语更动听

水晶与冰块混在了一起

在甲虫的花园里闪闪发光

恼人的雷声催熟了果实,炸裂

雁群在欢快的雨水里穿行

树叶伸出灵巧的手指,计算着一组等差数列

短暂的爱情像手心里的冰

热情过度释放

许多冰凉的泪

固态拥有了液态美

便拥有了远行的渴望

植物死去又复生

绿色再次爬上了窗棂

柔软的小腰肢向我示好

殊不知别离将至

在秋天最丰盈的日子

我将搬到不远处,那里有另一扇窗

种着不同的植物

今夜在梦里

我会告诉小腰肢，断章并非终曲

我们要歌颂某种流逝

雷鸣般的掌声终将响起

之后，归于平静

就像，一切从未发生

——2019 年 5 月 17 日
五月音乐节雅尼克与费城交响乐团音乐会

告别，离开，返回

告别尘世的自己

回归音乐的圣殿

寻找往昔，灵魂的沉醉

今夜，曲子是温柔的行板还是有力的快板？

是极富感情的慢板还是忧伤的广板？

在不断变幻的乐曲中

面对一幅缺失的拼图

叹息着人生若只如初见

曾经，站上无数个分岔路口

可选择永远喜忧又参半

今夜，我要离开了

巴赫、舒曼、勃拉姆斯与贝多芬

不属于我，不属于任何人

在流逝的每一个瞬间

潜心做好每一场告别

做回一株安静的植物

忘记爆炸的碎片

忘记人类的注意力比金鱼短暂

忘记，自己

——2018 年 10 月 30 日
安德拉斯·席夫钢琴独奏音乐会

尘世之歌

青春时多半无知又彷徨

心中只有几颗简单的音符

快乐总是相随

即便偶然

淌过几行青涩的泪水

便哀叹人生的忧伤

青春时日子总是漫长

登上一级级台阶

用一把小小的望远镜眺望

金色的太阳银色的月亮

星星闪着奇妙的光

寻不见尘世的惆怅

青春像一池清泉

四季轮换，一年又一年

落上枯萎的叶

凋零的风，死去的寒蝉

水草藏起封存的记忆

情绪变作五色的游鱼

淤泥缓慢地舒展

清泉成了小小的池塘

生物喧闹着静默地生长

独唱一曲尘世之歌

待把青春回头望

——2017年7月18日
"尘世之歌"郑小瑛演绎马勒与拉罗

罗密欧与朱丽叶

第一幕

人类的本能是追求爱

义无反顾

心跳着，欣喜着

眼睛离不开

身体要飞奔去

不考虑任何，只有吸引

像盐一样不可缺少

像空气一样时刻存在

需要爱，迸发着爱

爱意交汇

在拥抱的每一寸肌肤

双唇吻着双唇

秀发穿梭在心口

怀抱着爱

比爱自己更爱

比爱未来更爱

唯有爱，快乐的源泉

梦也不及此刻甜美

第二幕

憎恶厌恨

没有复杂的成因

死亡有时很轻松

上一秒嬉笑

下一秒便拉住了死神的裙角

冲动忏悔

无济于事

它们并非戏剧独有的桥段

它们来自

更精彩的生活

第三幕

向往自由

自由是上帝的恩赐

眼泪皆是欲求

饮下它吧！就自由了

麻痹，呼吸微弱

世界安静下来

上帝的手在抚摸羔羊

白纱是婚礼亦是葬礼

烛光是夜游灵

一扇窄木一具冰凉

娇小的身躯

再甜的吻也唤不醒

不要醒

醒来是命运的戏谑

热血涌满了石台

相拥着死去

自由了

迎接下一场甜美的梦

——2016 年 11 月 3 日
斯图加特芭蕾舞团《罗密欧与朱丽叶》

艺术小贴士

斯图加特芭蕾舞团具有五百多年历史,其演出技艺精湛出色、剧目风格丰富多彩。1961年,编舞大师约翰·克兰科编导的《罗密欧与朱丽叶》《奥涅金》《驯悍记》等剧目让舞团进入世界顶级艺术团体之列。在克兰科执掌舞团的12年间,国际舆论用"斯图加特奇迹"来形容舞团让人惊叹的崛起和如日中天的盛名。

《罗密欧与朱丽叶》在莎翁剧本的基础上,采用了普罗科菲耶夫的作曲,显示了"斯图加特时代"的到来。1962年12月首演夜,《罗密欧与朱丽叶》惊艳世界,小小的尖足鞋竟然为戏剧舞台上的莎翁经典找到如此坚实的支点。美国《舞蹈杂志》评论:"正是天才的约翰·克兰科将本世纪的戏剧芭蕾带入新的纪元,成为其重要的遗产。他的《罗密欧与朱丽叶》激发了人们对于戏剧芭蕾的渴望和热情。"

即兴搭建的舞台

金发的雄狮

戏谑着讲述一场决斗

两位勇士身着盔甲

相遇在葱郁的山谷

一个比一个矫捷

一个比一个英武

相击的利剑传来尖锐的声响

铠甲的锁链发出灿灿之光

淋漓的汗水透着粗重的喘息

殊死的搏斗体力早已不济

信念的战歌唱了多遍

试图的对话被荣誉止息

干涸的喉咙发出撕裂的怒吼

胸膛射出烈火的红绸

山谷不再需要待放的花苞

亦如利剑不再死死相绞

失利者平静地请求

由清泉回归上帝的怀抱

轻轻摘下厚重的头盔

阴影爬上了轻颤的枝头

金色的雄狮告诉台下观众

死去的伊人胜者钟情已久

在这个即兴搭建的舞台

注定一场悲伤的决斗

——2018年4月15日
世界著名女中音柯泽娜与巴赛尔七弦琴巴洛克乐团音乐会

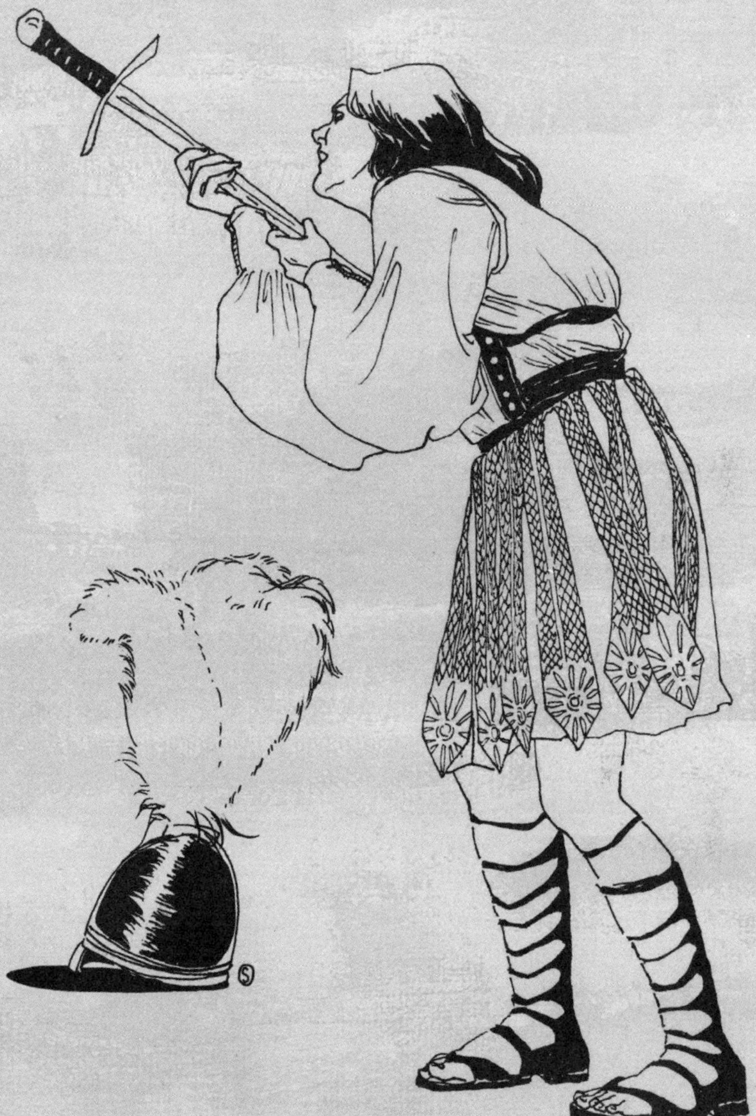

丑 角

悲凉的吟唱

脸上涂抹白油彩

遮盖了每一道皱纹的悲伤

心碎的痕迹

一道道布满了面庞

麻木，将白油彩

涂抹在颤抖的唇——

曾覆过甜蜜的吻

涂抹在血红的眼——

曾见证虚妄的誓言

哦，演出的钟声已敲响

再悲凉也唯有吟唱

演出的钟声已敲响

将悲凉强压在死寂的心脏

丑角啊

恶毒的现实如鲠在喉

痛苦的火焰化作谄媚的讥笑

嘻嘻嘻，呵呵呵，哈哈哈……

哦，台上的丑角强作欢笑

台下的众人开怀大笑

——2014年8月13日
国家大剧院制作歌剧《乡村骑士》《丑角》

艺术小贴士

马斯卡尼的歌剧《乡村骑士》与莱翁卡瓦洛的歌剧《丑角》同为意大利真实主义歌剧的代表作。在首演至今的120余年里，世界各大歌剧院都将这两部歌剧作为保留剧目，并经常一起演出。

19世纪末叶，意大利文学界掀起了"真实主义"的浪潮，文学家转向以现实题材刻画人间百态，创作题材聚焦一些下层人物。1890年，莱翁卡瓦洛提到："当我还是幼孩时，父亲是蒙塔尔特的法官，那时在乡村的巡回剧团中，有一演员因妒忌而于演出后杀死他的妻子，父亲主审此案……我想将这故事谱成歌剧"。

在短短的5个月里，莱翁卡瓦洛完成了以意大利南方为背景，表现平民阶层的日常生活的二幕歌剧《丑角》。1892年《丑角》在米兰韦尔美歌剧院由托斯卡尼尼指挥首演，当晚观众情绪热烈，喝彩声不绝于耳。

柔软的身影

月光下

任何故事都会发生

美丽的身影

挂在最高的树枝上

像一只柔软的天鹅

收拢了翅膀

松毛虫恋爱了

沿着树干奋力向上爬

但它一次又一次失手

重重摔进坚硬的泥土

一个夜晚轻轻的吹拂

所有的气力都已耗尽

周围的月光愈发暗淡

最后的气血吐作了虫茧

月亮明亮了许多个夜晚

春天已然过去大半

风中飘舞着轻盈的雪絮

美丽的身影落满了草地

树下有一颗僵硬的茧蛹

埋没在柔软的身影之中

——2018年4月25日
"非凡古典"维也纳柏林音乐家合奏音乐会

荒山之夜

夜幕降临

巨人蜷缩在月亮湖畔

身体像一座庞大的荒山

将夜空劈作了两半

群星围着山峰般的鼻梁跳舞

燃着磷火的湖水

涤净了孤独的容颜

巨人吹响了一把短笛

地精钻出了大地的缝隙

个个穿着紫黑的罩袍

快速爬上了庞大的身躯

它们编起漂亮的软帽

盖住了乌云翻滚的头发

星月藏进飘荡的发梢

戴胜鸟哼起了夜曲①：

荒山之夜

人间不再祈祷

天庭再无神谕

——2018 年 7 月 18 日
皇家利物浦爱乐乐团音乐会

---

① 在古希腊，人们认为鸟是连接大地和天空的使者，是人间与天庭的媒介，负责传达神示。

艺术小贴士

  1867年，穆索尔斯基根据俄国作家果戈里的小说《圣约翰之夜》中关于巫婆安息日的描述创作《荒山之夜》。原拟用作门登戏剧《女巫》的配乐，后写成交响幻想曲用于歌剧《姆拉达》第三幕及《索罗钦集市》的间奏。穆索尔斯基去世后由里姆斯基·科萨科夫配器而成本曲，1886年在圣彼得堡首演。作品总谱扉页有一段题解："阴惨惨的声音从地下涌出，一群黑暗的幽灵出现，幽灵之王车尔诺鲍格上场，众幽灵为之赞颂祭拜，狂欢作乐，行至高潮时，传来了远处教堂的钟声，众幽灵立刻逃遁消失，东方破晓。"

  《荒山之夜》是交响音乐作品中非常具有代表性的作品，各种乐器色彩鲜明，在作品中可以明显感受到配器所带来的不同音色对比，是一部长演不衰的经典。

浮士德

红如血，炽烈、挑衅

激起感官的欲念

白如雪，纯洁、平缓

种下天使的善念

黑如炭，阴暗、堕落

在光的背面伺机而动

觊觎着，疏忽

如，一丝丝的痒

等待着，抬手的念头

等待着，挠的指尖

等待着，星火燎原地爆发

更加大面积的痒

透过体肤、渗入血液、涌入心脏

无情地占据它！腐蚀它！操纵它！

释放出更多的，欲望——

将雪之心染作血

雪之魂噬为炭

甘做红与黑的傀儡

尽情狂欢！

——2015年3月12日
摩纳哥蒙特卡洛芭蕾舞团《浮士德》

艺术小贴士

  蒙特卡洛芭蕾舞团的前身是20世纪世界上最著名的芭蕾舞团之一——佳吉列夫俄罗斯芭蕾舞团。佳吉列夫于1909年带领舞团首次访问巴黎，当时该团由圣彼得堡和莫斯科各团的顶尖演员组成。1911年，舞团被冠名为佳吉列夫芭蕾舞团，并在同年首次访问了伦敦。随后，舞团的大本营移至蒙特卡洛，并于1916至1917年在美国进行了访问演出。佳吉列夫一直奉行一个审美理念：芭蕾是一种完美统一的艺术形式，并终其一生对当时芭蕾的各个方面都进行了革新。然而，1929年佳吉列夫逝世，舞团随之解散。1985年，摩纳哥大公国汉诺威公主遵照母亲王妃格蕾丝·凯莉的愿望，重建蒙特卡洛芭蕾舞团，并正式任命该团为摩纳哥大公国的皇家舞团。

  蒙特卡洛芭蕾舞团始终坚持新奇超前的风格，以极具前卫理念的作品将古典与现代巧妙结合，用现代芭蕾语汇重新诠释经典，创作了一大批如《灰姑娘》《睡美人》《浮士德》《仲夏夜之梦》等极具先锋意味的现代芭蕾作品。

CHAPTER 3
灵魂的归栖

音乐女神

音乐女神

为何偏爱你的子民？

赐予他们

驾驭弦、键、管的天赋

在木头、金属、丝线、皮革上

说吧！你给他们的手

涂抹了什么仙露？

轻颤的手指如蝴蝶的振翅

怎么可以

在木头、金属、丝线、皮革上

变幻羽毛落地的声音？

你可与众神签订了契约?

你的子民,抖动的手指

如悬停时蜂鸟的翅膀

怎么可以

在木头、金属、丝线、皮革上

划出比闪电还快的速度?

你的子民,跳跃的手指

如对峙中锦鸡高昂的头颅

怎么可以

在木头、金属、丝线、皮革上

展现攻击的果断与力量?

你的子民，滑动的手指

如温热沙漠里滑行的蝮蛇

怎么可以

在木头、金属、丝线、皮革上

演示水的律动与流畅？

你可借了自然神的万物

你可借了宙斯的雷霆万钧

你可借了阿芙罗狄忒的柔与美

你可，可是将他们

也收服成了你的子民

你用这些

木头、金属、丝线、皮革

将我的灵魂招集而来

我的灵魂

聆听着悸动着匍匐着愉悦着

纵使你让我悲伤

但我会流出感动的泪，快乐的泪

如果你让我欢乐

我是真的要手舞足蹈

漂浮起来了

但我有深深的不满！

为何偏爱你的子民？

赐予他们

驾驭弦、键、管的天赋

在木头、金属、丝线、皮革上

——2012 年 3 月 1 日
捷杰耶夫与伦敦交响乐团音乐会

致音乐

你用陌生的旋律

带我进入熟悉的幻境

那些音符早已等候在此

你用熟悉的旋律

带我进入陌生的幻境

那些音符早已等候在此

我渴望

将身体变作某种器乐

这样便可长久地逗留

在陌生与熟悉的幻境

那些音符早已等候在此

——2016 年 7 月 6 日
唐·库普曼与阿姆斯特丹巴洛克交响乐团音乐会

互 换

如果能互换灵魂

我坐于舞台中央

用精湛的肉体为灵魂歌唱

我用力踏着心板

嘴唇止不住地颤抖

视线模糊但全然不顾

我有一双清澈的眼睛

长在修长的手上

它们在琴键上游走

发出灯塔般的光芒

我的灵魂正控制着光束

它说——歌唱！

于是，这架水钢琴

动情又肆意地歌唱

我的灵魂正控制着光束

它说——清洗！

于是，水钢琴拉紧不见的细弦

重塑信徒的身体——

透明的皮肤透明的肌肉

透明的血管透明的骨头

以及一颗剔透的心

正在追逐水之牵引

于是，我坐于舞台中央

抛弃了这身精湛的肉体

——2017 年 5 月 11 日
埃莱娜·格里莫钢琴独奏音乐会

藏身之处

寂静之初，无需藏身之处

时间旋转着带出

一个又一个生命的舞蹈

当森林变为虚伪的幕布

"绿茵"下，人类

不再赤裸、不再躲避

跳着独舞、双人舞

一段流淌的社会舞蹈

白棉花织着白棉布

重工业的呼吸赐予它夜之黑

肉体裹进黑暗

自然藏进一份远古的记忆

记忆踟蹰地抵挡着指针

腾空，匍匐，左摇右摆

当回归的渴望冲破那一层夜棉

终将抵住旋转的时间

逆动，逆动，推向另外一面

我们不再身着白衣

也不再选择黑暗

我们换了一身颜色

寻找灵魂的归栖

——2017年10月27日
国家大剧院舞蹈节 荷兰舞蹈剧场一团《心之所往》

艺术小贴士

荷兰舞蹈剧场是当今世界舞坛首屈一指的顶级舞蹈团,被人们亲切地称为"荷兰蛋糕上的艺术糖衣"。自1959年成立以来,"荷兰舞蹈剧场"就一直享誉世界,并通过舞蹈这一世界性语言,活跃在世界各地的舞台上,所到之处,座无虚席。"主团"由30位年龄23～42岁的舞蹈演员组成,所有成员都接受过传统式舞蹈的训练,代表了国际现代舞的最高水平,具有超凡的独舞技艺。

2008年,荷兰舞蹈剧场一团到访中国,在国家大剧院舞台上演出了该团的"经典三合一"剧目:《蜡之翼》《自言自语》《告别》;2010年,二团带来了精品荟萃《礼帽的"雀跃"》;2014年,荷兰舞蹈剧场一团上演了《房间》《你好,地球》两部作品;2017年,荷兰舞蹈剧场一团再次奉献了《藏身之处》《挥别》《心之所往》三部作品。

朝圣者

我朝圣，只带耳朵与灵魂

不要身体，否则我会颤栗

会环抱双臂、绷紧脚趾，竖起

每一根毛发

不久之后会被泪水湮没

是的！它们会不受控地

大颗大颗滚落下来

我不想，在圣殿中

发出任何不敬的声响

哪怕是一声，短促的抽泣

我是个无知的人

这位黑衣使者，我不识

他如月光，干净柔软明亮

他的曲子，我不知

幸好我无知

不用从技法、创作背景、那些乐章与和弦中

揣测、分析、欣赏甚至提出小小的批判

当然我更不会，像身旁的这位

和着旋律手指上下翻动

脑袋左摇右晃

呵，多么繁重的肉体

我只带耳朵与灵魂

——2015 年 11 月 10 日
帕尔曼小提琴独奏音乐会

艺术小贴士

　　伊扎克·帕尔曼1945年出生于以色列，1964年赢得了著名的莱文特里特国际小提琴比赛的大奖，是古典音乐领域家喻户晓的艺术家。他的艺术之路颇为坎坷。1949年，4岁的帕尔曼不幸感染小儿麻痹，经数月治疗，他的双臂和双手才恢复正常，但双腿却终生残疾。残疾并没有改变帕尔曼学琴的志向，5岁时，帕尔曼进入特拉维夫音乐学院，10岁时，他已是一位出色的演奏者，被誉为"小提琴神童"。当时，远在美国的指挥家伯恩斯坦和小提琴家斯特恩争相赶往以色列听他拉琴。同为犹太人的斯特恩形容道："他拉琴就如你我呼吸一般自然。"帕尔曼认为，作为艺术家最重要的，是专注演奏好自己的作品。他本人曾坦言："我希望人们只关注我的音乐，而不是我的残障，我也不希望我的身体局限成为我音乐的标签。"

祭 献

祭献了双眼

让自己坠入无边的暗夜

舍弃了呼吸

身体像一条起伏的波浪

耳朵长在跳动的心上

听人类文明的颂歌

无需掌声，祭献了双手

不再，几张单薄的纸

写下执拗的词句

索性祭献了自己

获得乐神的恩赐

——2018 年 11 月 22 日
杜达梅尔与柏林爱乐乐团音乐会

驯　兽
——赠指挥家丹尼尔·哈丁

有一只两面兽

一面如水轻柔

站在浪花上嬉戏吧

它会吻你的脚丫

你会发出一阵颤抖的笑

它会将你轻轻抬起

你会比一片羽毛更灵动

但它不属于这个世界

它会急促亢奋神经质

请尽可能安抚

它也会忧郁，深情地望着你

爪子刮擦着大地

一遍一遍

它的另一面呢?

飘忽不定

多以激烈示人——

咆哮喷火，兴风作浪

它的眼睛会射出闪电

击穿山峰

它喜欢岩石滚落深潭

叮铃铃地，真动听

它会扯碎乌云

扔进大海捕捉呻吟

看，它的爪子又开始刮擦大地

一遍一遍

快！哄它入睡

用迷人的手

优雅地舞动，纤长灵巧

如月色，散出迷药

它垂下头低嗅

快！驯服它

用一双迷人的手

——2017年2月23日
丹尼尔·哈丁与伦敦交响乐团音乐会

艺术小贴士

　　著名指挥家丹尼尔·哈丁外形俊朗帅气，指挥风格磅礴大气、缜密潇洒，堪称当今最具票房号召力的指挥"少帅"之一。哈丁的履历颇具传奇色彩：17岁就演出了勋伯格的《月亮小丑》，并制作录音带寄给指挥大师西蒙·拉特尔爵士，拉特听过立即聘请他为助理指挥；19岁又被指挥大师阿巴多聘请担任柏林爱乐乐团的助理指挥，20岁便登上了柏林爱乐大厅的指挥台；28岁首度指挥维也纳爱乐乐团；34岁成为伦敦交响乐团首席客座指挥，同时接任瑞典广播交响乐团。

　　《泰晤士报》评价丹尼尔·哈丁为："在指挥台上，他动作流畅、从容自若，一般来说，要达到这种境界需要几十年的指挥经验。"《观察家》杂志评价："如果指挥家像酒一样愈陈愈香，哈丁一定会是音乐历史中最有名的佳酿之一。"

不可知的语言
——赠 A 大调第二钢琴协奏曲

不可知的语言

似曾相识又初次相遇

不可知地讲述

一只天鹅，于落日黄昏

在比呼吸更安静的

湖水里，安静地游弋

不可知地讲述

绚烂的秋日，瓜果急切又决然

挣断与母亲的牵绊

奔向自由的世界

那是先知的语言

当你初次相遇

满天的星辰都将暗淡

你会爱上，像瓜果急切又决然

迫不及待地想要，学习了解掌握

这一种神秘的语言

这时，你已不再是你

你已一去不复返

沉醉在此，直到永恒

——2018 年 6 月 21 日
伦敦交响乐团音乐会

艺术小贴土

弗朗茨·李斯特的《A大调第二钢琴协奏曲》作于1839年，后几经修改于1857年1月7日由其学生勃隆沙特独奏，作者亲自指挥在魏玛宫廷剧院首演，献给勃隆沙特。乐曲为单乐章结构，有一个基本主题统一全曲，由六部分组成，全曲演奏约为20分钟。

李斯特是匈牙利著名作曲家、钢琴家、指挥家，伟大的浪漫主义大师，是浪漫主义前期最杰出的代表人物之一。他的钢琴演奏辉煌浪漫、极富个性，追求一种令人眩晕的、具有超强感染力的钢琴演奏风格，带有极快的速度、响亮的音量、精湛的技巧和狂放的气势。李斯特被称为"钢琴之王"，他将钢琴的技巧发展到了无与伦比的程度，极大地丰富了钢琴的表现力，在钢琴上创造了管弦乐的效果，并还创建了背谱演奏法。

音乐宇宙

我是一颗流星

在变幻抽象的音乐宇宙

轻柔的缓行

旅途中有许多可停泊的港湾

（这些恒星在出难题）

是选择肖斯塔科维奇，还是斯特拉文斯基？

贝多芬星已经拥挤不堪

亦不愿留在舒伯特的浪漫之地

我偏爱喝烈性酒的俄国人

即便有人说他们只是哐哐装修的匠人

或者去探索弦乐星系

抚摸提琴忧郁的弧线美

管乐银河灿灿地流淌

打击乐黑洞，展露着吞噬的狂喜

尾光暗淡之前

加速冲向音乐的圣殿

那里是宇宙的轴心

充满无法形容的光明

永远臣服在此

做指挥台一块垫脚的石头

——2018年11月22日
杜达梅尔与柏林爱乐乐团音乐会

艺术小贴士

"一流的乐团，每位成员都配得上用'艺术家'来称呼。"这就是柏林爱乐乐团的特质。

1882年春，50位收入过低的音乐家忍无可忍决定自立门户，成立了一支名为"曾经的比尔瑟乐团"的新乐团。建团之初，新乐团得到了柏林音乐会经纪人赫尔曼·沃尔夫的大力支持，在他的建议之下，乐团正式更名为"柏林爱乐管弦乐团"。

乐团第一任指挥是汉斯·冯·彪罗，他的执棒为柏林爱乐乐团的发展奠定了扎实的基础，赋予乐团自成一家的音乐品质。之后，亚瑟·尼基什、威廉·富特文格勒、赫伯特·冯·卡拉扬、克劳迪奥·阿巴多等多位著名指挥大师先后执棒，使乐团在技艺上愈加精湛和自信，雕琢出了独特的精湛乐音，在国际上赢得了顶尖管弦乐团的崇高声誉。

大地之母

音乐之河流淌

跳动的浪花形成透明的薄膜

将我紧紧包裹

在音乐的世界

这里有变幻的四季

恢弘的主题，丰富的想象

惊天动地的雷鸣

和悬如细丝的轻叹

伴随着音乐的律动

浪花缓慢地，施压与放松

带我在湿软的泥土着床，沉睡

四周是淡淡的草香

当最后一个尾音降临

河水不再流动

浪花渐渐消隐

寂静之中，赤裸着醒来

大地爆发出新生的轰鸣

我落下滚烫的泪水

久久不愿离去，不愿

从泥土中苏醒

——2019年1月26日
穆蒂与芝加哥交响乐团音乐会

艺术小贴士

1. 芝加哥交响乐团

芝加哥交响乐团成立于1890年,是美国历史最为悠久的管弦乐团之一,它与纽约爱乐乐团、费城管弦乐团等顶级乐团一样,早期以欧洲移民艺术家为基础,在"第二次世界大战"结束后迎来艺术巅峰。芝加哥交响乐团以其动力十足、色彩明丽的铜管声部扬名,近些年来,众多权威音乐媒体都对芝加哥交响乐团能够兼具恢弘壮丽的声音、传统与愈发细腻动人的诠释效果表达了极高的赞誉。在《留声机》杂志2008年推出的"20大交响乐团"评选中,芝加哥交响乐团荣获北美地区最佳乐团。

2. 里卡尔多·穆蒂

里卡尔多·穆蒂是国际乐坛最具影响力的指挥大师之一,1941年出生于意大利那不勒斯,被称为"指挥台上的贵族"。他拥有优雅的台风和飘逸的长发,更以渊博的学识和虔敬的姿态赢得了乐迷的喜爱。在自传《音乐至上》中,穆蒂回忆了自己的童年生活,罗西尼、威尔第、普契尼的歌剧渗入在生活的点点滴滴,连做饭的祖母和街区的看门人都在哼唱优美的旋律。穆蒂以优异的成绩毕业于米兰音乐学院,成为意大利斯卡拉歌剧院历史上任职时间最长的音乐总监。

水·问

银色的水雾赋予了蛇语

落地的泥胎挣扎着呼吸

双生子沉默，地平线上有五个太阳

泥胎在太阳里打坐学习当一尊佛像

日复一日，洗眼洗脸

欲念在周遭显形，耳语

在砂砾与碎石间，摔打自己

摔打出一颗颗，诱惑的火星

燃烧吧，人形在烈火中起身舞蹈

火令其坚硬亦令其破碎

天空落下了慈悲的泪

菩提树下重塑着，原始的人形

——2019年7月4日
北京现代舞团《水·问》

钢琴之舞

小小的树叶在飓风里炫技

飓风愈发卖力,小叶愈发调皮

飓风想要毁灭,扯碎

小叶在风眼儿里打滚儿,乱飞

跃过绵延的高山与辽阔的大海

飞过葱郁的森林与金黄的沙漠

快快告别云朵与候鸟

落在开满焰火的湖泊

这里拥有一种怪异的和谐

像两位各抒己见的舞者

急速地腾空

又绵软地降落

——2017 年 11 月 24 日
捷杰耶夫与慕尼黑爱乐乐团音乐会

乐之湖

朋友，你陶醉过，沉浸过，忘我过吗？

这难以名状的奇妙感觉

我没有体验过

但我知道，一些人可以

他们在乐之湖里缓慢地下沉

看水草律动，气泡漂浮，贝壳埋入砂砾

湖水屏蔽了人类的躁动

他们在水底畅快地

呼吸，忘情地歌唱

当零星的气泡浮上水面

"啪"的破了

一丝余音飘到了岸上

听到的人们痛哭流涕——

多么美妙，美妙的歌声！

哎，愚蠢又可笑

捕获了万分不及的美

却以为了解了全部！

这难以名状的奇妙感觉

只有到乐之湖才能体会

——2017年2月12日
"永恒的经典"德国科隆爱乐乐团音乐会

图画展览会

在潮湿的绿叶背面

萤火虫点亮了一盏夜灯

等待着蓝色的春夜降临

朝圣者走进静谧的森林

草茎织作柔软的地毯

远方的古堡若隐若现

古堡的后方有一处花园

不老的秘密隐藏其间

树上落下了一只雏鸡

笨拙地跳舞啾啾地歌唱

侏儒看守着一架牛车

夜色撩动着侏儒的忧郁

他已躲进昏暗的墓穴

枕着朽木沉沉睡去

雏鸡跳上了妖婆的小屋

悠悠地漫步啾啾地歌唱

快快挂起萤火虫的灯盏

方能驱动生锈的车辇

吱呀轧过湿润的泥土

朝圣般驶向奇异的归处

归处的雕塑斑驳不堪

雄伟的大门布满苔藓

墙壁的藤蔓如蜿蜒的蛇影

手中的灯火若明若暗

车轮压断一只鸡脚

车头撞毁了花园的围栏

大地猛然剧烈地抖动

车辇碎成了残破的木片

朝圣者跌进了一幅图画

从此获得了永生的容颜

——2018 年 4 月 16 日
捷杰耶夫与马林斯基交响乐团
穆索尔斯基经典作品音乐会

艺术小贴士

1. 图画展览会

《图画展览会》是俄国作曲家莫杰斯特·彼得罗维奇·穆索尔斯基的代表作，原为钢琴组曲，后经多位音乐家改编为管弦乐版本。其创作灵感来自于一次画作展览会，会上的作品是由穆索尔斯基一位已逝世的朋友维克托·阿里山大罗维奇·哈特曼所画。共10幅作品，分别是侏儒、古堡、杜乐利花园、牛车、蛋中小鸡、穷富犹太人、市集、墓穴、女巫的小屋、基辅大门。由"漫步"穿插于全曲，加强了作品的整体性。

2. 穆索尔斯基

穆索尔斯基是俄罗斯民族乐派的代表作曲家之一。他出生于俄罗斯庄园主家庭，早年的乡下生活培养了他对普通农民和田园生活的好感和热爱。1858年，穆索尔斯基潜心学习音乐，在彼得堡结识了居伊、达尔戈梅日斯基、斯塔索夫和巴拉基列夫等音乐家，并在他们的指导下学习作曲，接受民族主义文化和进步思想的熏陶。穆索尔斯基的音乐创作多取材于俄罗斯的民间传说、史诗故事和当代见闻，弘扬了俄罗斯的历史传统和民间文化，旨在用波澜壮阔的音乐表现民族精神。

忠诚的仆从

音乐是四季最忠诚的仆从

绝妙的音符辉煌地跳动

忠实地再现自然的盛景

音乐家是音乐最忠诚的仆从

拉动琴弓、弹拨琴弦、拍打琴板

华丽地停留在弦之末端

提琴是音乐家最忠诚的仆从

忠实地生出四季的和风

和风化作绝妙的音符

在低吟与哼鸣间辉煌地跳动

——2017 年 7 月 20 日
"音符中的四季"欧洲音乐家室内乐团音乐会

艺术小贴士

　　小提琴协奏曲《四季》是维瓦尔第最著名的作品，其动人的旋律至今长盛不衰。四部作品均采用三乐章协奏曲形式表现，标题分别为：《春》E大调、《夏》g小调、《秋》F大调、《冬》f小调 。

　　其中,《春》的第一乐章(快板)最为著名,音乐的开展轻快愉悦,使人联想到春天的生气勃勃;《夏》则出乎意料,表现了夏天的疲乏、恼人的炎热;《秋》描写收获,展现农民饮酒作乐、庆祝丰收的景象,乐章欢快而活泼;《冬》描写人们在冰上行走的滑稽姿态,以及由炉旁眺望窗外雪景等景象。

一首三个音的诗

一群燕子像过境的乌云

播撒着原始的野性

巨大的金属敲击着大地

发出碰撞的轰鸣

河流如崩裂的细弦

山石诵出千古的佛经

佛经平缓地流淌

只有三个音

一群燕子衔起丢失的野性

像一片过境的乌云

——2018年4月6日
第六届中国交响乐之春"时代交响"
中国国家交响乐团音乐会

大自然的狂想

蛇在三万英尺厚的落叶上蠕动

长颈鹿双膝跪卧着敲击

乌龟驮着城市，缓慢地前行

断裂破碎的边缘

唢呐吹吹打打

石头依旧散着温热

樱花坠落进水井里

一趟无望抵达大海的旅程

鱼在海水里吐着泡泡

树木在残垣扭曲着身体、

发出一阵阵清脆的水滴声

为大海赋予金属的含义

自然的眼泪溢满裂痕

旋转、跳跃、起伏着

疯狂舞蹈

那些多年的泪水与喘息

———2019 年 6 月 22 日
法兰西狂想 谭盾与法国里昂国立管弦乐团音乐会

艺术小贴士

　　打击乐协奏曲《大自然的眼泪》是谭盾应德国 NDR 交响乐团之邀，为庆祝斯特拉文斯基《春之祭》首演 100 周年而创作，由纪念汶川大地震的定音鼓协奏曲《夏》、纪念日本海啸的马林巴协奏曲《秋》、纪念纽约龙卷风的打击乐协奏曲《冬》组成，向《春之祭》百年诞辰致敬。3 首协奏曲描绘了大自然在 3 个不同的地区所造成的灾难性伤害，诉说了人类在与大自然相处过程中的感悟和精神。

CHAPTER 4

燃烧

在呼吸与回廊之间

笼中鸟

发光的笼子里

一只鸟甩着尾巴

二只鸟搔着背脊

四只鸟晃着身体

一群自顾自地

低头啄水，不言不语

晌午过后

鸟儿成双入对

在漂亮的笼子里

喂食游戏、彼此模仿

歇脚蹬腿儿、扑扇翅膀

瞪着乌黑的眼睛四处张望

太阳西落

夜幕尚未低垂

光做的笼子消散

鸟群迅速聚拢

乘风飞翔，自由自在

——2018年7月17日
上海金星舞蹈团《三位一体》

应用程序

晨曦的微光洒满寂静

新人类从森林的树干中诞生

赤裸的身体倾诉着质感的语言

柔韧的四肢碰触着大地与蓝天

举着发光的果实

纵情地奔跑,无限伸展

无论腾空,跳跃,旋转

或是匍匐,侧卧,静坐

没有新人类舞不出的姿态

果实闪烁着五彩的光

像一道早已设定好的指令

编程着看似随机的行动

地球逐渐缩小，缩小进

一枚发光的果实

自由的世界不停闪动

新人类目不转睛

背靠着背坐下

黑暗笼罩，万籁俱静

——2018年7月17日
上海金星舞蹈团《三位一体》

燃烧，在呼吸与回廊之间

歌者深情地高歌

火焰在舞台上灼烧

空中洒出橘色火光

这一切，让人应接不暇

这是吉普赛人古老的魔法

她高昂的手臂，张扬的手指

修长、有力，在空中挥舞

一把抓住了，我的心脏

响板不停地叩击

几乎快要

连成一条恒定的声音

击穿整个舞台

这是吉普赛人古老的魔法

几乎将我，燃烧殆尽

——2016年4月26日
西班牙国家芭蕾舞团弗拉明戈舞蹈《回廊》《呼吸》

艺术小贴士

　　弗拉明戈是西班牙最具代表性的"国宝级"艺术，是一种即兴舞蹈，融合歌唱、器乐演奏于一体。弗拉明戈舞者在举手投足之间，由内而外传递了人性最真实、毫无保留的情绪，如同一场灵魂之间的博弈与对话。舞者在舞台上释放出前所未有的慷慨与狂热、豪放与不羁，忠实地体现了波西米亚精神。正如西班牙"国宝级"艺术家、著名弗拉明戈舞者克里斯蒂娜说："弗拉明戈不需要很高的技巧，它源自舞者的血液、神经和内心，高兴时我们跳舞，悲伤时我们跳舞，只要我们想跳舞我们就跳舞，这就是弗拉明戈，它是生活中的一切。"

沉　溺

乌黑的秀发，紧绷的

发髻，别着猩红的花朵

暗夜的裙下是另一番猩红

随着每一次抬腿与扭动

不经意地漏出来

如田野中暗藏的一朵罂粟

摇曳，若隐若现

让人欲罢不能地，想要接近

匍匐在花朵的猩红里，沉溺

——2016年4月26日
西班牙国家芭蕾舞团弗拉明戈舞蹈《回廊》《呼吸》

女人的诱惑

肩膀抖动

嘴唇冰冷

眼睑眨动

她的每一个

动作，关节，眼神与角度

以及缓缓提起的裙角

都在引诱，撩动着

另一个女人

——2016 年 4 月 26 日
西班牙国家芭蕾舞团弗拉明戈舞蹈《回廊》《呼吸》

第一阵啼哭

双脚敲击着地板

一下比一下急促

急过婴儿的第一阵啼哭

甩！裙摆在空中

划出完美的弧线

被另一只手，完美地抓住

露出更多跳动的脚

裸露着，不断敲击着地板

一下比一下急促

急过婴儿的第一阵啼哭

——2016 年 4 月 26 日
西班牙国家芭蕾舞团弗拉明戈舞蹈《回廊》《呼吸》

乌鸦的魔法

一只精亮的乌鸦

变幻着流苏的魔法

看哪,月光飞溅

到暗夜的各个角落

她倾裹在银白月色里

只露出一条,纤长的手臂

当她开始旋转

巨大的披肩变成一对

翅膀,涨满整个舞台

在一片惊呼中

她高傲地,离去

——2016 年 4 月 26 日
西班牙国家芭蕾舞团弗拉明戈舞蹈《回廊》《呼吸》

丝 帕

舞者争奇斗艳

不停地击掌旋转

当她们想结束

便从高耸的双峰之间

抽出一条雪白的丝帕

甩向暗黑的夜

——2016年4月26日
西班牙国家芭蕾舞团弗拉明戈舞蹈《回廊》《呼吸》

天　鹅

白光圈，投下

一只只纯洁的天鹅

伸着长长的脖颈

响板在手中急促地叩击

她们旋转成一朵朵

盛放的百合

瞬间又戛然而止

只剩天鹅的回眸

——2016 年 4 月 26 日
西班牙国家芭蕾舞团弗拉明戈舞蹈《回廊》《呼吸》

孔雀与渡鸦

灰孔雀

在斑驳的光影里

跳着求偶的舞蹈

她们卸下长长的尾翼

变成灰渡鸦

尾翼挂上两根不现的银丝

擎向了高高的天宇

——2016 年 4 月 26 日
西班牙国家芭蕾舞团弗拉明戈舞蹈《回廊》《呼吸》

轻轻地，我离开你

（一）困

黑暗的中央

聚着一处暖黄的光亮

黑衣少女

在暖黄的四方中困顿

如飞蛾扑火

不停地拍打、撞击

试图冲破困顿的枷锁

她抓着四方的边缘

跃起又重重摔落

她额头抵着四壁

呼吸逐渐失去了自由……

（二）双人舞

衰微的时刻

暗中乍现一束柔光

投下一处身影

召唤少女穿过无形的四方

与之辉映着舞蹈

两只翩翩的蝶儿

交缠、疏离，在黑暗里

宣泄着积攒的情绪

两只翩翩的蝶儿

交缠、疏离，在黑暗里

耗尽了全部的能量

（三）分离

不知过了多久

他与她走进四方

彼此拥着，在暖黄中

安静又轻柔地旋转

旋转的尾声，他留下轻轻一吻

旋转的尾声，少女独自离去

消失于黑暗

——2014 年 11 月 7 日
荷兰舞蹈剧场一团《房间》

朱　鹮

舞者的脚

像一只红嘴朱鹮

带着弧线之美

像一弯血月

悬浮在墨色空间

我的脚，僵硬

即便集中全身的力气与意念

也绷不出 0.01 的弧度

所有努力会变成勾脚趾

结果我的脚便没了脚趾

像极了案板上的一块冻猪肉

上帝一定是忘了赋予我某条韧带

我便缺失了某些弧线

请允许我小小悼念——

少年时极为短暂的舞蹈生涯

幸好上帝公平

让我看朱鹮跳舞

红色的喙，啄起一滴清露

——2017 年 7 月 26 日
中国舞蹈十二天《天凉好个秋》

支 点

把自己集中

在一个支点，我的足尖

把春风集中

在一个支点，我的指尖

春风带我飞

可足尖牢牢钉在

这片黑夜

——2017年8月11日
第四届北京国际芭蕾舞暨编舞比赛颁奖典礼及闭幕式

严肃四重奏

焦灼于弓弦之上弥漫，在心之海

海水翻涌旋转，在海之眼

这水中的龙卷风

正将爱与被爱灌入灵魂的深渊

海上洒着绵绵泪雨

不知下了多少暗夜

即便在梦中，海水平缓却呜咽

在清醒时，便成了嚎啕的饕餮

——海眼快速地胀大

吞噬着一切的泛滥

嶙峋的礁石扯下枯萎的爱花

顽守着背后唯一的干涸

——2016 年 5 月 24 日
雅尼克与费城交响乐团音乐会

艺术小贴土

  1795年，贝多芬在维也纳菏夫堡剧院举行了第一次钢琴演奏会而名声大噪，之后的5年他创作了很多表现生命欢愉与热情的作品。正当贝多芬如日中天时，他开始失聪，这对作曲家来说是极为残酷的打击。因为害怕被别人发觉失聪，贝多芬逐渐离群索居，变得愈来愈孤僻。在这段时期内，贝多芬与学生泰莉莎·布伦斯维克相恋，于1806年定下婚约，然而在1810年他求婚失败，婚约解除。在此背景下，贝多芬充满了无助感和对内在真理的探索，创作了《F小调第11号四重奏，Op.95》，并将这部作品称为《严肃四重奏》。其后，作曲家马勒对该部作品进行了改编。

镜像之舞

手是挺立的足尖

在琴弦上飞速旋转

琴弓是延展的肢体

哼着一段忧伤的旋律

一只发光的白天鹅

伸着柔软的脖颈

等待王子的降临

降临中倒映的暗影

黑天鹅跳起镜像之舞

将英勇的王子深深迷住

炽热的爱里

有离奇的故事

纯粹的光里

有至暗的时刻

——2018年3月6日
克里斯蒂安·亚尔维与俄罗斯国家模范交响乐团音乐会

梦想的海洋
——致敬《肖邦叙事曲》

这是一个水手的故事

梦想生活在无际的海洋

可他住在青青的山上

溪流无法载他远航

年复一年

他种下一株又一株丁香

漫山遍野，召唤风的过往

年复一年

风吹倒了森林，吹干了河道

却吹不散一树的丁香

香气沾满了风的衣衫

风咆哮着吹来万丈海浪

水手爬上高高的山顶

纵身跃入了梦想的海洋

——2018年4月12日
弗拉基米尔·菲尔兹曼钢琴独奏音乐会

艺术小贴士

　　肖邦的全部四首叙事曲作于19世纪三十年代初至四十年代初，这正值他创作的黄金期，是他浪漫主义音乐风格走向成熟的年代。"叙事"，就是"讲故事"，肖邦的叙事曲巧妙地用抽象的音乐捕捉到情节发展的动态，每一首叙事曲均以"从前有一个传闻……"的口吻开始，但随后的展开和运行千姿百态，从来不会就范于任何固定的模式，尾声往往是全曲的高潮所在，情绪和速度都达到沸点。

　　《第一叙事曲》以浪漫的激情表达为特色，《第二叙事曲》着力强调对比和冲突，《第三叙事曲》勾勒了一条由缓至急的线性叙事线索，《第四叙事曲》以复杂的运行成就了肖邦叙事曲中最具悲剧性、最深刻的抽象表白。

倾诉与嬉戏

用青草编一个男人

用木炭涂抹他的全身

送他戴胜鸟的羽冠

请他用灵巧的双手

抚摸一把竖琴

月色有了淡淡的草香

夜空落下一只只云雀、夜莺与杜鹃

四周迸发着无声的焰火

世界不停地旋转

——2018 年 8 月 27 日
法国竖琴家埃马纽埃尔·塞松独奏音乐会

艺术小贴士

竖琴是世界上最古老的拨弦乐器之一，起源于波斯。早在18世纪时，竖琴就开始应用于歌剧乐团之中。它的外型精致、优美，极富艺术性；音色高雅，清纯，诗意盎然，而它广阔的音域，独特的演奏效果，令人心旷神怡，陶醉其中。

埃马纽埃尔·塞松是法国竖琴演奏家，以极富表现力的演奏和精湛的技艺，将竖琴的魅力展现得淋漓尽致，并成为首位先后在三大国际音乐大赛中获奖的竖琴演奏家（2004年在美国布卢明顿参加国际竖琴比赛赢得金奖及特别演出奖；2006年在纽约青年音乐演奏家选拔赛中获得一等奖及6个特别奖；2009年在慕尼黑获ARD国际音乐大奖）。

巴格达的节日

夜幕低垂

火鸟伸着纤长的腿，踏水

时而在湖心独舞

高高跃起，掀起无数水珠

时而围作圆圈，旋转

翅膀连着翅膀，在水中狂欢

水浪扑向岩石

漫过柔软的小草与摇摆的船只

一浪追逐一浪

火鸟衔着一千个故事

飞入夜的故乡

——2018年1月5日
瓦西里·佩特连科与伦敦爱乐乐团新年音乐会

辉煌的日光
——为贝多芬第九交响曲所作

黑鼠怪有一件神奇的宝囊

吸走世上的光明

释放昏暗的力量

它正匍匐行进

长长的利爪踩进湿润的泥土

没有发出一丝声响

天空时而传来沉闷的雷声

乌云在低低地翻滚

不见了太阳与月亮，昏沉

风吹落了树上的积雨

滴滴答答，再多点漂亮的声音

让猎物睡得更加安稳

雨水淌过顽皮的石头

汇进远处湍急的河流

没有人再歌唱了，只有水声

夜莺与鹩哥，都休息了

互相依偎，在树桠上

夜风吹拂着美丽的羽毛

进攻！庄严又专注

黑鼠怪在疾行

疾行！庄严又专注

为了那只独一无二的红夜莺

风吹落了第一片金树叶

大地即将苏醒

第一缕光穿透云层

乌云消弭无踪

森林生气勃勃地舞动

夜莺睁开了乌黑的眼睛

歌唱，高亢又嘹亮

黑鼠怪化作了燃烧的火光

当昏沉终结、焰火熄灭

一颗耀眼的红宝石

落上了金树叶，镶嵌

在红夜莺的翎羽之上

辉煌！夜莺齐声歌唱

高亢又嘹亮

歌声引来万物齐鸣

赞美！辉煌的日光！

——2017 年 5 月 31 日
"欢乐颂"费城交响乐团与国家大剧院合唱团音乐会

艺术小贴士

  D小调第九交响曲是德国作曲家路德维希·凡·贝多芬在1819~1824年创作的一部大型四乐章交响曲。因其第四乐章加入了大型合唱，故被称为"合唱交响曲"。合唱部分是以德国著名诗人约翰·克里斯托弗·弗里德里希·冯·席勒的《欢乐颂》为词，后来成为该作品中最为著名的主题。这部交响曲被公认为贝多芬在交响乐领域的最高成就。

  D小调第九交响曲构思广阔，思想深刻，形式丰富多样。它扩大了交响乐的规模和范围，融合交响乐队、合唱队、独唱和重唱等表演，是一部宏伟而充满哲理性和英雄性的壮丽颂歌。贝多芬通过这部作品表达了人类寻求自由的斗争意志，并坚信斗争必将以胜利告终，人类必将获得欢乐、团结和友爱。